Position Desired:

Name: **有心無默**

Birth Date:

Address:

Phone:

Major: Year:

Past Employment:
(Most recent first)

To ____ From ____ Position Held ________ Type of Business ________

Reason for leaving:

To _____ From ____ Position Held _________ Type of Business _________

Reason for Leaving:

Driver's License?

Access to transportation?

Skills:

Typing _____

Machines, Keypunch _____ Computer _____ Calculator _____ Other _____

Special Abilities:

Interests:

ROUND 02
離職潮

CONTENTS

⓪ 上集提要

Hello，我叫做阿 York，方璟佑。

咁耐冇見，我實在有義務同大家交代下近況。

大約半個月前，我面試成功加入咗「Dark Flow」。雖然職位唔高，但絕對係一份好多人夢寐以求嘅「筍工」——跨國企業、高人工、好福利、早收工……

冇諗到，呢間公司外表睇落光鮮（連大廈玻璃幕牆都反光得特別犀利），背後卻隱藏住一堆可怕嘅秘密。

我只係第一日返工，就傻下傻下咁俾人陷害，被迫進入一個名為「異空間」嘅地方，除咗要參與匪夷所思嘅「事件」，過程仲要面對各種殺人唔眨眼嘅「怪物」。

明明當初只係想普普通通打份好工，結果要拋個身出嚟攞命搏博，最慘仲要冇得加人工……

聽落係咪好慘？事實係低處未算低。

經歷完三次「事件」都大難不死，當我諗住終於可以休息返幾日……突然一班槍手闖入公司，矛頭直指向我哋嘅細老闆 Beely。

為咗幫助公司嘅普通同事甩身，我同上司 Me 姐選擇留低做人質，直到 Beely 到場為止……

而故事就係由呢度……繼續展開。

DOD PRE
FOR (Full name, address, & phone number)
John R. Doe, HM3, USN
U.S.S. Neverforgotten
MEDICAL FACILITY
U.S.S. Neverforgotten
(Superscription)
(Inscription)
(Subscription)
(Signa)
gm or ml
15 ml
120 ml
Invoice 1
Invoice 2
Invoice 3
Invoice 4
Invoice texts co
with RSK sa

第二部

ROUND 02

離職潮

一 辦公室槍戰

雖然差少少就害死我哋，但細老闆 Beely 總算喺最後一刻現身。本身佢已經打算豁出去面對死亡。但上天就好似眷顧住佢咁，冷酷男枝槍唔單止卡彈，時間去到六點六分嗰陣，「事件」仲要離奇咁連續兩晚出現。

而今轉「事件」出現嘅「怪物」——就好似大媽一樣嘅「掃地婆」，只係用一招就將槍手阿二個頭斬落嚟！

「阿二！」

冷酷男目睹呢一幕後激動大叫，繼而舉槍對住幾米以外嘅「掃地婆」連環掃射。至於佢旁邊嘅另一位槍手就只係企咗喺原地，好可能係嚇呆咗……

砰砰砰砰砰砰砰砰砰砰砰砰砰砰砰砰砰砰砰砰砰砰砰砰！

因為喺室內開槍，自然係嘈到拆天，就算用手撳實雙耳都遮唔到幾多。

眨眼間，「掃地婆」已經身中好幾槍成個人被打到瞓低。之後辦公室重新恢復平靜，空氣亦都好似凝固咗咁，可以見到冷酷男慢慢行到阿二嘅頭顱面前……

「兄弟，我唔會俾你白白犧牲。」

然而，就喺佢講完一刻，本來已經倒地嘅「掃地婆」居然好似殭屍咁彈返起身！

「我要……」明明額頭右眼心臟腹部全部都流緊血，但佢偏偏就

係未死，「清走地下嘅垃圾……」

呢件事當然係難以置信，因為啱晚面對「多眼女」嘅時候，Me 姐只係一槍中頭就成功解決對方。

「阿三，唔好再發呆！」冷酷男對住旁邊嘅槍手大喊，繼而重新開槍。

砰砰砰砰砰砰砰砰砰砰砰！

就喺震耳欲聾嘅槍聲再度響起之際，旁邊嘅 Me 姐終於展開行動，佢趁老五分心一個側身用力撞埋去，雖然呢下嚇到對方開咗兩槍，但好彩射歪咗去影印機嗰邊。

「阿 York！幫手！」Me 姐一邊大嗌一邊用雙手捉實老五枝槍，等佢冇辦法好好瞄準。

我本身已經跪到有啲腳軟，反應過嚟後即刻飛撲過去捉住老五嘅雙腳，再將佢成個人拉低。Me 姐成功喺佢失平衡嘅瞬間將枝步槍搶過嚟，再反過嚟瞄準住佢。

「哈哈……」只係老五都唔係咩省油燈，喺混亂間解開咗步槍嘅彈匣，「係咪估唔到呢……八婆……」

佢隨手將個彈匣拋走，繼而想抽刀還擊，但 Me 姐快一步用佢尖到可以拮死人嘅高踭鞋一腳踩落佢個頭。結果佢當場冇咗反應，唔知係暈低定死咗……

「我最憎人鬧我八婆！」Me 姐大罵一聲，再狠狠踢多佢一腳，「你冇資格呀！」

「哇……」真係睇見都覺得痛，我再次體會到眼前呢個女人係唔可以得罪。

而喺另一邊廂，士巴拿亦都打暈埋阿七。眼見局勢重新轉向我哋呢邊，我本身打算偷偷過去救埋中刀攤咗喺地下嘅 Beely。

但正好喺呢個時候，無論點中槍都死唔去嘅「掃地婆」步步進逼將冷酷男趕到嚟我哋附近。下一秒佢終於察覺到呢邊嘅情況，反應過嚟即刻轉身想對我哋開槍，慶幸子彈啱啱好射晒……

「可惡！」結果佢只可以選擇邊撤退邊換彈匣。

「你仲望！」Me 姐伸手拉走我，「趁機會走啦！」

「但細老闆……」

「距離太遠救唔到啦！」

雖然無奈，但再唔走真係會好似「掃地婆」咁俾子彈打到變蜂巢。所以我唯有轉身跟住 Me 姐同士巴拿跑，目的地當然係「戰略部」。即將轉入長走廊之際，忽然有三槍打落旁邊塊牆度，真係差幾厘米就會打中我，近到感覺到子彈嘅熱氣流……

「嗄……好彩冇事咋……」真係幾乎嚇到標尿。

去到走廊，班槍手可能見環境太黑好難打中，所以冇再浪費子彈喺呢邊。而帶頭嘅士巴拿已經一馬當先跑到「戰略部」門口，我同 Me

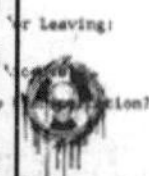

姐正想加速衝過去……

但事情總係唔會咁順利，忽然有個身影喺長走廊中間嘅會議室殺出，仲要手持一把垃圾鏟一嘢劈落嚟。假如 Me 姐煞唔切掣，就會重蹈阿二覆轍被劈到身首異處……

因為，眼前出現嘅係另一隻「掃地婆」，仲要好死唔死擋喺路中間，隔開咗我哋同士巴拿。

「Me 姐！」士巴拿大嗌，雖然佢拎住槍，但走廊空間咁窄佢都唔敢亂用。

「嘻嘻……我好似聽到有人講八卦嘢……」

「掃地婆」臉上掛住扭曲嘅笑容，講完立即向我哋呢邊使出一招橫劈。Me 姐反應夠快再次巧妙避開，結果對方枝鏟一嘢劈埋牆到卡住咗。

「我哋過唔到去喇！你提大家要小心！」Me 姐對住士巴拿大叫，佢聽完即刻轉身走人，「York，我哋出返去！」

「吓！？」

「由窗口嗰邊走！」

冇諗到終點在望又要跑返轉頭，我真係開始後悔今日揀咗對皮鞋嚟著。

一跑返出辦公室，Me 姐即時轉左向窗口位置直奔。因為「事件」

開始咗，所以另一邊已經變成好似鏡一樣正反掉轉嘅異空間。

順利跨過去之後，我忍唔住望向冷酷男嗰邊，睇嚟佢哋仲未解決到最初嗰隻「掃地婆」，為咗保持距離已經退到去牆角。基於視野所限，所以我睇唔到 Beely 同其他倒地槍手係咩情況……

同一時間，我哋呢邊嘅「掃地婆」亦都扠返枝鏟行到出嚟。佢慢條斯理咁一步步逼近，渾身散發住強烈嘅壓迫感。

「八卦呢……我要聽……快啲講俾我聽……」

「York，行喇。」Me 姐拍一拍我膊頭，「佢係大力但行得唔算快，我哋要盡可能拉走佢。如果俾機會佢返轉頭走去『戰略部』，其他同伴就會有危險。」

「妳意思係啲『怪物』識開門入安全室？」我邊行邊問。

「唔係。」Me 姐搖搖頭，「『事件』出現嘅時候安全室會被當成為『外面區域』，最多只可以避十四分鐘。」

「唔係就會有嚴重後果……」我諗返起架叔之前嘅解說，「咁不如我哋試下引隻嘢去夾死嗰班衰人？」

「咁太冒險，萬一俾佢哋發現，死嘅就會係我哋……」Me 姐講到呢度突然睜大雙眼望向我身後，「就講就中，佢哋都爬緊過嚟喇！」

我望返轉頭，果然有兩個軍裝佬跨過窗框嚟到異空間呢邊。

「嗰邊仲有另一隻！」其中一個人大嗌提醒同伴。好彩佢哋將目光放咗喺「掃地婆」身上所以注意唔到我哋。

Me 姐即刻拉走我，由側邊門口離開公司去到外面走廊，直至到達防煙門前面先暫時停低。唔知隻「掃地婆」係行得太慢，抑或中途轉移咗目標，所以喺度等咗半分鐘都仲未見到有任何動靜。

「Me 姐，鬼影都冇隻，而家應該點做好？」我問。

Me 姐思考咗幾秒，過程中目光一直離唔開手上支步槍。

「或者，我哋可以試下穿返過去『正面』……」

「妳想去救細老闆？」我問。

「條友救唔救都冇所謂。」Me 姐睇嚟仲係對頭先嘅事心存怨恨，「我目標係地下嘅彈匣。今次嘅『怪物』明顯勁好多，隨時係『V』以上……加埋班槍手，冇武器喺手實在太危險。」

「有道理，咁妳繼續帶路啦。」呢刻我都諗唔到咩妙計，一於抱大腿就算。

就係咁我哋再次移動——先小心翼翼咁打開正門去返 Reception，再轉入人事部，為咗唔俾人發現過程中一直彎低腰。去到窗邊先確認「正面」冇任何異樣，再慢慢跨返過去……

好靜。

呢刻已經再聽唔到任何槍聲，甚至連人聲腳步聲都冇，睇嚟槍手同兩隻「掃地婆」都已經唔喺附近。

我哋繼續行，中途不時會踩到彈殼，甚至有類似血漿之類嘅液體……其中一灘血水當然係來自阿二身首異處嘅屍體。

「Me 姐，如果佢冇打到針嘅話，一陣『事件』完咗之後會發生咩事？」我壓低聲問，又開始有種反胃嘅感覺。

「當然係以呢個形態返去現實，然後大部份人都唔會記得佢係乜水。」背後突然有把男聲回應我，「唉，到時又要出一筆錢搵人嚟清潔啦。」

係 Beely，佢挨咗喺一張檯隔離，用雙手撳住頭先左腳中刀嘅位置。

「咦，你竟然仲在生？」Me 姐用冷漠嘅語氣問。

係囉，經歷完亂槍掃射，隻「掃地婆」甚至好大機會曾經喺佢身邊行過，居然咁都死唔去，太好彩喇啩？

「我趁住班人換彈嘅時候匿埋一邊，唔係肯定中硬流彈……」

「咁『怪物』呢？」

「可能個阿姨見我傷咗冇任何威脅啩？」Beely 勉強擠出一個笑容，然後指向另一邊昏迷緊嘅老五同阿七，「就好似佢哋咁。」

「啱啦，等我綁埋佢哋，唔係醒返就麻煩。」Me 姐講完即刻拎出兩條索帶。

「殺唔係方便啲咩？」Beely 提議，「妳身上應該有刀。」

「我先唔制。」佢邊綁老五隻手邊回應：「萬一佢哋冇打針我咪真係殺咗人？佢哋條命唔值得我咁做。」

呢段時間我都唔係齋企喺度，非常順利咁喺影印機嗰邊搵返老五抛走嘅彈匣，然後交返俾 Me 姐。

「掂。」Me 姐成功裝個彈匣上槍，「York，我哋走囉……既然兩隻『怪物』都唔喺度，我哋就直接同士巴拿佢哋會合。」

「喂喂喂！」見 Me 姐直接就想走，Beely 即刻嗌停佢，「你哋唔係就咁留我喺度呀？」

「你仲有手㗎嘛，慢慢爬去『戰略部』咪得囉。」Me 姐無情咁講。

「唔好咁嬲啦，最多我補償返你哋……譬如話，我大概已經知道個掃地阿姨應該要點樣對付。」

「你知道點做？」我好意外。

「當然知喇，話晒我都曾經喺度經歷過好多次生死關頭。」Beely 用自信嘅笑容講：「簡直係經驗老到呀。」

二 安全室

為咗從 Beely 口中套出對付「掃地婆」嘅方法，Me 姐衡量過之後決定暫時放低私怨，再拜託我幫手扶佢返去「戰略部」，希望可以用盡十四分鐘嘅安全時間。

「辛苦你喇。」Me 姐感激咁講。

「少事喇，但我記得你哋之前話過細老闆冇去過異空間……」

「就同『安全室』嘅秘密一樣，呢件事只有資歷較深嘅成員先知道，例如架叔。」Me 姐回應。

「小兄弟，」Beely 接住講：「『戰略部』實在有太多人喇，人多一齊對抗外敵當然容易，問題係內在嘅威脅先係最難搞。就好似而家咁，如果唔係隻內鬼，件事又點會搞到咁鬼複雜？但既然事情發展到呢個地步，睇怕都瞞唔到落去，只可以積極樂觀去面對囉。」

轉眼間，我哋就順利返到去「戰略部」。再次穿過道白牆之後，即刻有個人衝埋嚟捉住我隻手。

「阿佑！」係海兒，佢激動到好似想喊出嚟咁，「你冇事就好啦！」

我注意到側邊嘅 Me 姐同 Beely 見到海兒呢個舉動都露出意外嘅表情。

「我頭先真係好擔心，好驚班槍手開槍會射中你！太好啦……真係太好……」

而喺後面整理緊裝備嘅士巴拿更加係怒視過嚟，恨不得即刻舉槍代替班槍手處決我咁。

「啱啱我都睇到心跳加速呀。」架叔接住講：「直程緊張過我愛隊踢加時輸緊一粒嗰陣……」

「唔好講其他話題喇，你哋仲有幾耐？」Me 姐並冇浪費時間，即刻拎起電話校個十三分鐘嘅倒數。

正如頭先所講，我哋只可以喺安全室避大約十四分鐘，而早就喺呢度嘅人剩低嘅時間固然係更加少。

「得返四分五十秒。」阿和望咗眼手錶之後回應。

「我就仲有七分鐘左右。」士巴拿講。

「咁我哋可能要暫時分頭行動。」Me 姐盯住 Beely，「你哋頭先應該都聽到，我哋『偉大』嘅細老闆話知道點樣對付外面嘅『怪物』，所以我想用盡安全時間問清楚佢……而且，佢隻腳搞成咁，唔包紮下我驚佢一陣會失血致死。」

「啊，真係有我心。」Beely 將手擺喺胸前面露出一個窩心嘅表情，「不愧係我最欣賞嘅同事……」

「所以，」Me 姐無視佢再講落去：「士巴拿，你一陣帶其他人先落去八樓嘅尾房……」

「有三道門嗰一間？」士巴拿確認清楚。

「嗯，你哋先喺嗰度避一陣，我問完之後就會即刻落嚟同你哋會合。然後，你哋係咪已經聯絡咗 B Team 同埋 Andy 佢哋？」

「一早搞掂喇，佢哋已經喺樓下後門準備好，隨時都入得樓。」架叔回應：「好彩妳之前安排咗今日開會咋，唔係肯定有人返唔切嚟。」

「算係不幸中之大幸……」Me 姐講：「咁其他同事呢？」

「全部都已經離開大廈，Mr.White 已經派咗人嚟處理緊。」士巴拿回應。

「好……聽住，萬一隻『怪物』比我哋早一步去到八樓，你哋絕對唔可以硬碰，即刻走落下層試下同 B Team 會合。」

「收到，先去八樓，如果出事就去搵 B Team……」士巴拿重複一次。

「冇錯，總之萬事小心……喂！」Me 姐突然換個唔太客氣嘅語調，「Beely，你咪話自己經驗老到嘅，有咩可以趁而家提醒

下佢哋？」

「有，當然有。雖然流血流到個人開始暈暈地，但完全唔會阻礙我分享訊息……」

「等我去拎啲消毒酒精同繃帶過嚟。」大概係聽得出Beely言談間略帶不滿，海兒即刻嘗試幫手。

「聽清楚喇，憑我過去嘅經驗，加上頭先近距離觀察完……基本上可以肯定今次呢隻『怪物』係屬於『V』級，而且攻擊性極強。」

我嘗試回想——「V」即係Very Hard，難度上僅次於最高級嘅「D」(Despair)。

「睇得出。」架叔講完打咗下冷震，「一嘢就將條友個頭劈落嚟……」

「仲要有強大嘅復原能力，幾乎可以話係冇弱點。所以千祈唔好嫌命長同佢哋正面對抗，就算係槍……最多都只可以暫時拖延佢哋嘅行動。」

「照你咁講，即係我哋只可以一直避，避到夠鐘為止？」士巴拿問。

「呢個係其中一個方法。但既然今次面對嘅係『V』級嘅『怪物』同『事件』，咁就代表呢轉嘅『寶物』都肯定相當珍貴。妳聽我講埋先……」可能見 Me 姐想打斷佢，今次 Beely 先下手為強，「既然珍貴，點解隻『怪物』仲可以四圍走呢？所以我可以大膽推論，就係頭先出現嘅好大機會只係卒仔，真正嘅『Boss』可能就匿埋喺異空間深處，又或者用唔同方式隱藏自己……」

「吖！」海兒唔小心跌咗卷繃帶落地，即刻彎低身執返，「唔好意思……」

「只要有人去解決隻『Boss』，」Beely 繼續解釋：「咁除咗可以解決件事，隨時仲可以拎埋嗰件『寶物』……」

「講就容易喇，」架叔忍唔住講：「你頭先都話隻『怪物』接近冇弱點……」

「卒仔係咁，唔代表大佬一樣，就好似我咁……」Beely 向其他人展示佢受傷嘅左腳，「越係脆弱嘅人，先要擺出一副攻擊性好強嘅樣去嚇走對手。」

「但你講到底都係靠估……」

「唔完全係估，我當年都遇過類似性質嘅『怪物』，嗰陣簡直係一場苦戰……」

「Me 姐，得返一分鐘咋。」阿和突然插嘴。

一聽完，其他人都立即緊張起嚟，因為馬上就要進入戰場……

「咁你哋盡快行喇！」Me 姐瞄咗眼螢幕確認門外安全之後講：「其他嘢我同阿 York 會再問清楚，一陣八樓見。」

「啊，仲有一樣嘢好重要！」就喺帶頭嘅士巴拿準備行出去之際，Beely 突然講：「呢個我未敢肯定，但以防萬一……你哋出去之後記得盡量少講嘢，同埋千祈唔好亂鬧人。」

士巴拿聽完雖然皺眉表示不解，但都冇再追問率先離開安全室。之後輪到架叔同阿和，最後係海兒用依依不捨嘅表情望咗我一眼之後先離開……

「哇，估唔到去咗外國一排呢度就變咗咁多。」Beely 感嘆咁講：「同事又多咗、人事關係又複雜咗……然後呢度，」佢認真環視四周，「個裝修同當年完全唔一樣，呢種……係咪就係所謂嘅 Cyberpunk 風格？」

「係 Andy 同阿平嘅傑作。」Me 姐先望一望電話嘅倒數，接住講：「仲有七分半鐘……York，你識唔識得消毒同包紮？」

「有，之前踢波有朋友傷咗，之後同佢去醫院個姑娘仲讚我處理得好。」我見冇咩時間都立即行動，走埋去檯面拎起海兒啱啱準備好嘅消毒酒精同繃帶。

「好。」Me 姐行埋去武器庫嗰邊，邊整理裝備邊講：

「Beely，你同嗰班槍手嘅恩怨，我就等之後有多啲時間先問清楚。」

「明智呀。要由頭講起嘅話真係七個鐘都講唔完呀，何況七分鐘……啊……」俾我用酒精消毒傷口，Beely 不由得五官緊縮。

「但唯獨有條問題，我想你而家就答我。」Me 姐擰轉身用銳利嘅眼神射向 Beely：「頭先槍手嗰阿頭對你開槍但卡彈，你係咪早就預咗會咁？」

「冇錯。」Beely 毫不猶豫咁回答。

吓？我聽完好意外，等我仲一直以為佢真係咁好彩……

「雖然係預咗，但我當時都真係驚㗎。」講到呢度，佢喺西裝內袋裡面拎出一枝黑色鋼筆，「想當年，我同一班同伴成功解決『D』級『事件』之後，我除咗可以脫離呢個地獄，仲得到呢件『寶物』——」

「鋼筆？」Me 姐皺眉。

「呢枝筆嘅功能，係可以令到擁有者喺呢間辦公室裡面免於死亡，唔理係現實抑或異空間都一樣有效。」

「咁癲？」

難怪佢真係夠膽上嚟面對喇，原來係早有準備。

「犀利係犀利，可惜同阿Me張黑卡一樣，都係有次數限制。」Beely收返埋枝筆，「基本上，頭先避完嗰槍，再喺亂槍掃射嘅情況下死裡逃生，好大機會已經用晒剩低嘅次數……再有下次嘅話，睇怕真係可以去見上帝。」

「放心你唔會。」Me姐喺某個櫃裡面拎出一枝針，「經歷完上次有人誤闖異空間之後，我就留多咗幾枝針喺度以備不時之需。所以就算你真係死最多都係變到行屍走肉。」

佢所指嘅「有人誤闖」當然係講緊我。

「唉，估唔到咁多年之後又要再打過呢枝針。」Beely嘆咗口氣，自動自覺除衫等Me姐可以幫佢打針，「就算今次大步檻過，一諗到之後每星期都要面對『事件』，計落好似死咗佢仲化算……」

「你唔死得住，我哋仲有太多嘢想問你……」

「不如都俾一個機會我問下你哋？」Beely突然換個非常有興趣嘅語氣，「海兒呢排係咪遇過咩唔好嘅事？」

「你點解咁問？」Me姐不解。

「純粹係一種直覺，當初海兒見工就係我負責面試，之後都同佢傾過幾次偈……」

「而頭先嘅佢，俾我嘅感覺實在太古怪。」

三 狹路相逢

冇諗過，細老闆 Beely 居然都察覺到海兒嘅異樣……

「阿 Me 妳同佢咁熟，真係冇覺得奇怪咩？」Beely 問。

「我覺！好覺㗎隻！」我搶先回應：「明明佢噚日都唔係咁！」

「照你咁講……」佢聽完瞇起雙眼，「即係佢嘅轉變同噚晚嘅『事件』有關係喇？介唔介意用少少時間解釋下你哋經歷過啲咩？」

我先望向 Me 姐，見佢點咗下頭唔反對，立即把握時間講：「噚日隻『怪物』曾經捉走過海兒……」

我由撞見「多眼女」開始，將噚晚發生過嘅事濃縮成兩三分鐘解釋俾 Beely 聽。

「……我哋睇完『小詩』嘅事之後就返番嚟現實，跟住就見到海兒瞓咗喺旁邊。其實佢醒嗰下都仲係正正常常，係今日返到嚟先變到咁奇怪。」

「換句話說，你哋喺『過去』返嚟之後就再冇見過隻『怪物』？」短暫沉默後，Beely 開口問。

「嗯。」

「明白喇……」佢轉去同 Me 姐講：「阿 Me，聽晒所有嘢

之後，我更加覺得呢件事唔係咁單純。」

「即係你覺得隻『怪物』仲未死？」

「咁唔係可以串連晒所有嘢咩？」Beely 開始解釋：「正因為隻『怪物』未死，所以今晚先會再次出現『事件』。而隻『怪物』既然有製造分身呃人嘅前科，咁絕對可以大膽假設，我哋頭先見到嘅海兒，好可能就係佢整出嚟……」

「唔係啩……」我驚訝到掩住嘴。

「甚至最壞嘅情況──呢個海兒就係隻『怪物』本身。」

「如果真係俾你講中，咁真正嘅海兒……」我已經唔敢想像佢而家嘅處境。

你問我，之前當然冇諗到咁遠，話晒心思一直擺咗喺其他地方（譬如小詩嘅死、仲有海兒對我嘅睇法之類）。何況，本身都冇諗過「怪物」真係可以走出現實世界……

「但我始終唔明，就當呢個海兒真係假，呢段時間佢應該有好多機會出手殺人先係，但我哋到而家都係仲係生勾勾……」

「或者，佢有比起殺人更加重要嘅目標呢？」Beely 意味深長咁講：「『怪物』唔係隻隻都咁冷血，當年我都遇過一啲係完全冇殺人慾望嘅，老實講仲幾啱傾添。可惜為咗保險起見，最後都係要含淚落手……」

「夠喇冇興趣亦冇時間聽你話當年。」沉默咗一段時間嘅 Me 姐終於出聲打斷佢，「唔理呢個海兒係真定假，我哋當務之急都係要盡快同佢哋會合，到時自然就搵到真相。阿 York，快啲幫佢包紮好，我哋準備要行喇。」

「知道……」佢唔提我都意識唔到自己停咗手。

「最後一條問題。」佢接住講：「點解出到去要『少講嘢』同唔好『亂鬧人』？」

「Me，妳加入『戰略部』嘅第一日我已經提過，所有『怪物』都有佢嘅『特性』，而呢啲特性往往係非常直接咁表現出嚟。仲記唔記得啱啱俾人斬頭嗰個傻佬死前對個掃地阿姨講咗啲咩？」

老老實實，頭先情況咁危急點記得咁多？但資深嘅 Me 姐當然唔似我咁失敗……

「放心喇，就算真係『怪物』，都肯定係垃圾……」佢一字不漏咁講返出嚟。

「『垃圾』，」Beely 強調呢兩個字，「對班掃地阿姨嚟講，清理垃圾就係佢哋嘅責任。所以我估計係呢兩個字激起咗

佢嘅殺意，結果嗰個傻佬就成為咗人形垃圾，哈哈哈……」佢痛快笑咗兩聲之後接住講：「跟住到你哋搶槍嘅時候，我記得阿 Me 曾經大嗌過八婆兩個字。」

可能因為當時喺正隔離，所以呢下反而有啲印象——Me 姐當時好霸氣咁話自己「最憎人罵佢八婆」。

「結果，另一隻出現嘅阿姨，目標正正就係阿 Me。」Beely 指住 Me 姐，「好明顯今次嘅『怪物』繼承咗呢班阿姨鍾意八卦嘅特性，恥笑人、講人壞話、鬧人之類嘅說話，佢哋肯定唔會錯過……所以最穩陣嘅做法就係咩都唔好講。」佢自豪咁拍一拍自己心口，「就好似我呢個成功例子咁，趴喺地下咩都唔做，結果安然無恙……」

雖然所有嘢都好似估估下咁，但由佢嗰份自信口吻講出嚟，多少都係有幾分說服力……果然老闆就係老闆，始終同我哋打工仔係唔一樣。

「明明幾分鐘之前先話靠支鋼筆吊命，仲好意思話成功。」Me 姐睇法同我截然不同，「就咁喇，我哋提早出發……York，一陣你就用呢把槍。」佢將一把手槍交畀我，「雖然對『怪物』冇咩用，但面對槍手嘅時候或者仲可以搏下。」

「咁我呢？」Beely 好奇咁問：「我呢位傷殘人士係咪都應該要有把槍旁身……」

碰！

Me 姐將一條明顯冇改裝過，非常普通嘅皮帶放喺佢面前。

「你嘅話，呢條嘢夠用喇。」Me 姐無情咁講。

喺 Me 姐面前，呢位老闆終歸都係霸氣盡失。

⊠

畫面一轉，我哋三個已經離開安全室。

由公司轉去後樓梯呢段路尚算風平浪靜。然而，就喺我哋落到十一樓之際，行喺最前方嘅 Me 姐突然停低腳步，明顯係察覺到前面有危險……

就喺下一瞬間，下方嘅防煙門俾人推開，開門嘅係一位戴住面具嘅槍手……

「向上走！」

「係佢哋！」

Me 姐同開門嘅槍手幾乎係同時作出反應，前者第一時間趕我上返樓梯，而後者就舉槍對住我哋呢邊掃射……

砰砰砰砰砰砰砰！

好好彩，子彈再一次全部打中牆邊，只係我哋當中有個傷咗隻腳，除非拋低佢，唔係鬥速度一定唔夠敵人快。

Me 姐當然清楚呢點，所以退返上十二樓之後，佢果斷作出決定，埋伏喺轉角位，深呼吸一口氣……等到腳步聲迫近嘅一刻，佢一個急轉身用步槍作出反擊。

砰砰砰！

「啊！？」

對方一聲慘叫證明 Me 姐成功擊中目標，但又唔可以高興得太早，因為敵人多數唔止一個……

「妳叫 Me 姐可？」果然，槍手嘅老大冷酷男就喺現場，從語氣聽落，頭先中槍嘅應該係佢嘅同伴，「做得『戰略部』嘅領袖，的確係有啲本事。」

Me 姐聽完顯得有啲高興，但佢仲記得 Beely 之前嘅提醒，所以並冇作出回應。

「但本事還本事，喺呢個男人旗下做嘢，你哋遲早會後悔……」

Me 姐同我不約而同望向 Beely，佢無奈咁聳一聳肩，用口形講咗一句：「條友傻嘅唔好聽佢亂講。」

「我希望妳只係一時被蒙蔽，早啲回頭……」講到呢度，下方開始傳嚟動靜，「魔鬼，我睇你仲可以避得幾多次。」

講完，冷酷男就帶住同伴由下層防煙門離開，短暫嘅衝突就係咁結束咗。

「佢講太多嘢喇。」Beely 終於忍唔住開口，「我極度懷疑班掃地阿姨已經俾佢引咗過嚟。」

「呢邊。」Me 姐睇嚟冇俾冷酷男嘅話術動搖到。

佢繼續帶領住我哋，先由十二樓嘅其中一間房轉入異空間，再經嗰邊嘅後樓梯落到八樓，藉此減低再次遇見槍手嘅風險。雖然係用多咗時間，但我哋最終都係冇穿冇爛咁去到八樓盡頭嘅「尾房」。

臨開門之際，我不禁緊張起嚟，因為我哋馬上就要面對海兒，喺「少說話多做事」嘅條件下，我哋到底有冇辦法可以搵出真相？

Me 姐先做手勢叫我哋準備好，再小心翼翼推開尾房大門……結果門嘅另一邊空蕩蕩，冇人亦都冇怪物。

「啊，睇嚟情況唔多樂觀。」Beely 講。

「呢層唔使你講都知。」Me 姐開始仔細檢查房間，「現場有打鬥過嘅痕跡……」直至行到去一張檯隔籬，「咦？」

「係咪發現到啲咩？」我細聲問。

「嗯……有人喺度。」Me 姐露出意外嘅表情，「一個唔應該出現喺呢度嘅人。」

我即刻行過去睇，跟住都俾眼前嘅人震驚到了。

係阿 Jill……佢合埋雙眼瞓咗喺地下，額頭有少量血跡，唔知係撞親定俾人打傷所致。

奇怪？佢唔係應該跟埋其他人質一早就走咗，點解仲會喺呢座大廈裡面？

就喺 Me 姐彎低身想確認佢係咪斷氣之際，阿 Jill 突然睜大雙眼，一面驚恐咁望向我哋……

「……係陷阱……」

「吓？」我愕然。

「佢哋就喺外面等緊你哋！」

有一瞬間，我仲以為佢指嘅係班槍手，但實際情況係更加惡劣。

我轉身望向頭先入嚟嘅嗰道門。呢刻，有個握住掃把嘅身影企咗喺度。而同一時間，左右兩邊嘅逃生門亦都俾「人」打開咗。

同樣係「掃地婆」—— 總數三隻，無聲無息咁出現，突然就將我哋重重包圍。

四 決戰「掃地婆」

呢刻，三隻「掃地婆」都帶住僵硬而又詭異嘅笑容，彷彿對眼前獵物（即係我哋）嘅品質感到非常滿意。

「哎吔，今鋪真係大獲喇。」見到咁嚴峻嘅情況，Beely 都不禁臉色一沉。

「你唔係好有經驗咩，諗唔諗到咩辦法？」Me 姐壓低聲問，大概係見識過之前嘅情況，所以佢連舉槍嘅動作都慳返。

至於阿 Jill，佢全身震晒咁睇嚟連起身都做唔到。先望咗眼 Beely，再將目光移向其中一位「掃地婆」……

「呢個情況都係唯有搏一鋪。」Beely 轉身環視我哋幾個，「我哋企定定唔好郁，以靜制動。」

唔係啩？既然明知係陷阱，咩都唔做真係啱咩？

但想質疑都冇機會了。因為三隻「掃地婆」已經同時邁開腳步，向我哋呢邊行緊過嚟。佢哋最先去到 Beely 面前，猶如塑膠面具一樣僵硬嘅笑臉，喺近距離望嘅情況下更令人不寒而慄。

而 Beely 應對嘅方法，就真係照佢幾秒前所講咁，企定定喺度乜都唔使做……

三隻「掃地婆」先係不斷上下打量 Beely，就好似佢係某件珍奇嘅藝術品咁，其後仲開始評頭品足起嚟……

「果然係老闆……一表人才……」

「啱吖啱吖……」

「高大得嚟身材又壯，真係睇到阿姨我心跳加速呀……」

「係吖係吖……」

「如果想知道乜嘢秘密記住搵我幫手八下呀……」

「我都可以㗎……」

「嘻嘻……當然有利是收下就更好……」

唔單止冇出手殺人，三隻「掃地婆」仲要用輕鬆愉快嘅語氣喺度傾八卦嘢，令到成件事變到更加荒誕同不可思議。

「啊啊……呢位女同事……」傾咗一陣，其中一位『掃地婆』突然將目光轉到 Me 姐身上，「……屁股太翹喇。」

WTF ？

「係囉，仲要著到咁，好明顯係成日走去勾佬啦……」

「冇錯吖，上露一忽下露一忽咁……睇見都眼冤呀……」

「超眼冤囉……」

「呢種女人呀，分明就係狐狸精格，專做人第三者……」

「老闆你要小心呀……」

「小心吖真係要小心……」

如果唔係情況咁特殊，我可能會忍唔住擰轉頭偷笑一兩下。而 Me 姐明顯係極力忍住道氣，換轉係其他「怪物」（我又諗起最初嗰隻可憐嘅「肥佬」），佢應該早就發火一巴掌摑埋去……

「仲有另一個女人……」佢哋下一個討論嘅目標係阿 Jill。

「又係女人……老闆身邊真係多狂蜂浪蝶……」

「仲要趴喺度扮到楚楚可憐咁……呢種女人最識得呃人……肯定收埋唔少秘密……」

「好得人驚吖……超得人驚……」

「細老闆，我係你就炒晒班人，唔係公司肯定會俾佢哋搞到烏煙瘴氣……」

到底呢段無止境嘅對話會點樣收尾？就喺我忍唔住將目光移到最近嘅大門之際，三位「掃地婆」同時將目光轉到過嚟。

「原來仲有個人……」其中一位『掃地婆』直接靠埋嚟，佢塊臉距離我塊臉幾乎只係剩低三四厘米。我可以感覺到佢呼出嚟嘅氣係寒寒地，唔知係心理作用定真實感受……

「冇人識佢喎。」

「睇佢咁鬼祟嘅樣，肯定係成日都不懷好意……」

「手機裡面肯定收埋好多偷影女同事嘅相……妳哋兩位女士真係要小心呢個男人呀……」

「冇錯吖超危險……」

「如果佢對妳哋唔住記得同姨姨講，等我狠狠教訓佢……」

明明妳哋頭先仲狂數佢哋，做乜突然就 Friend 過打 Band ？

「哼……醒醒定定吖你！」

不過忍咗咁耐總算得到回報。三位「掃地婆」簡單點評完我之後，隨即收返臉上嘅詭異笑容，然後同時轉身，用一致嘅步伐每人各揀一道門離開……

「吓？真係咁簡單就冇事？」確認佢哋嘅身影完全消失後，我終於忍唔住細聲講。

「嗱，我都話咗啦。」Beely 非常自豪咁講：「話晒呢個資訊都係用條命換返嚟，唔係齋估㗎。」

「知你叻喇。」Me 姐用敷衍嘅語氣講咗一句之後，立即將目光移返去阿 Jill 身上，然後伸出右手想扶起佢，「雖然暫時冇事，不過我哋仲有好多嘢需要搞清楚。妳起唔起到身？」

阿 Jill 捉住 Me 姐嘅手，起身嘅時候雙腳好似完全發唔到力咁，最後只係無力咁搖搖頭……

「對唔住……我……」阿 Jill 依然係震得好犀利，明顯係心有餘悸，「到底而家係發生緊咩事？點解座大廈成個感覺唔同晒……仲有嗰幾個女人……」

「要解釋真係一匹布咁長。」Me 姐回應：「最好其實係邊行邊講，但妳而家咁嘅情況……我諗妳應該唔肯俾阿 York 孭住行㗎喇？」

阿 Jill 聽完擰轉頭望向我度，今次佢總算冇換個厭惡表情，但結果都係搖搖頭……

唉。

「咁我哋就唯有喺度休息一陣，希望嗰三隻『怪物』唔會返轉頭。」Me 姐先行去鎖好晒三道門，再接住講：「但喺我解答妳疑問之前，妳首先要答我，頭先我明明親眼睇住班槍手放你哋走，點解妳仲會喺大廈裡面？」

阿 Jill 聽完身體又開始微微顫抖，正想回應……

「等陣，」Beely 卻搶先一步講：「妳哋兩個傾還傾，記住最低限度唔好講人壞話……」

「壞……話？」阿 Jill 皺起眉頭，成個話題太跳躍所以跟唔上。

「妳唔使理佢照講就得，反正我哋都已經搵到方法應付嗰班『怪物』。」

「妳鍾意喇。」Beely 無奈咁聳聳肩。

「頭先……」阿 Jill 嘗試回憶起嚟，「本來嗰班蒙面人已經送

咗我哋入粒。但其中一個人突然拉返我出去，仲大聲叫其他人唔好多管閒事……之後……嗰個男人……」佢痛苦咁合埋雙眼，「拉咗我入去廁所……我知道佢想點……所以不斷反抗……」

佢講到呢度就停咗，但正常人都會想像到之後嘅情節，估計佢額頭嘅傷就係嗰陣造成。

「阿 Jill……」Me 姐本來想上前攬實佢，但下一秒又猶豫起嚟，最後只係伸出一隻手拍拍佢背脊……

「可惡！」我氣憤咁講：「嗰班人口講就話報仇，其實本質都係罪大惡極嘅冚……」

「喂喂喂……」Beely 打斷我，「你講還講，千祈唔好講粗口呀！」

「啊對唔住。」呢下我忽然有種似曾相識嘅感覺。

「佢差少少就得手……」阿 Jill 雙眼泛起淚光，鼓起勇氣講落去：「但突然……突然……有人撞開廁所門，嗰個蒙面人想出去睇下發生咩事……跟住我就見到有鮮血喺我面前濺過……之後有個女人……應該係頭先其中一個……佢行到我面前……講咗一句說話……」

佢合埋雙眼嘗試回想起嚟……

「『我哋需要妳……佢需要妳……』佢講完就打暈咗我，到我醒返第一眼就見到你哋……」

回憶結束，我同 Me 姐不禁面面相覷，估唔到班「掃地婆」唔單止冇攞到阿 Jill 條命，仲間接保埋佢嘅貞操。其實計落，可能帶住惡意嘅人類先更加似怪物……

「我哋一般叫嗰班人做『怪物』。」Me 姐開始解釋：「而我哋公司嘅『戰略部』就係負責消滅佢哋。呢個任務其實已經進行咗一段長時間，冇諗到今日會有突發情況，仲要拖埋你哋落水。希望之後會有更多時間同妳解釋喇，我哋而家有更重要嘅嘢要做，唔可以再留喺呢度……」

講到呢度，Me 姐再一次伸出手，可能因為休息咗陣，阿 Jill 總算有力可以企返起身……

「咁我哋而家應該去邊度？」阿 Jill 問。

「同其他人會合，然後我再送妳去安全地方。」

Me 姐正準備帶頭行，但 Beely 又突然開聲講：「咪住先……阿 Me，等我仲以為妳應該唔會咁大意先係。」

「你想講咩？」Me 姐皺起眉。

「我哋頭先已經討論過，假如海兒真係上次隻『怪物』假扮，而今次呢轉『事件』又係佢搞出嚟嘅話……」Beely 指向阿 Jill，「咁有冇可能，佢其實都係冒牌貨？」

「如果係嘅話，頭先我哋俾班大媽包圍嗰陣佢點解唔出手？」Me 姐反駁。

冇錯，當時我哋全部人都將注意力放喺「掃地婆」身上，根本冇多餘功夫去理背後嘅阿 Jill。

「都係呢句，或者佢有其他目的呢？不過呢個都係第一層推斷，

我仲有另一個更加恐怖嘅鬼故事可以講。」Beely 雙眼變得銳利起嚟，「妳叫阿 Jill 可？我隱約記得妳只係啱啱過試用期……」

阿 Jill 聽完冇回應，但我可以見到佢眼神出現非常微妙嘅變化……

「雖然當初唔係我同妳面試，但見妳人咁靚，所以我或多或少都有做少少背景研究——美國名牌大學碩士一級榮譽畢業、識得八種語言、鍾意去外地做義工……以妳呢個年紀嚟講，成個 CV 簡直係兩個字完美，完美到好似刻意做俾人睇咁。」

「你……到底想講咩……？」

「計返個時間點，」Beely 擰轉頭望向我同 Me 姐呢邊，「『戰略部』都係喺你哋兩個入職之後先出現一連串怪事。仲有，妳同人事部嗰邊咁熟，自然有機會查到我今日嘅行程。」

聽到呢度，我當堂好似諗通咗好多嘢咁。唔通我當初俾人反鎖結果誤闖異空間，罪魁禍首就係……

說時遲那時快，突然一下刺眼嘅亮光閃過，阿 Jill 拔出腰間嘅匕首，打算直接刺向 Beely 嘅喉嚨……但 Me 姐反應都好快，及時捉實佢出刀嘅右手手腕……

多得呢刀，我終於知道點解冷酷男把聲咁熟口面了……原來面罩嘅背後，正正就係阿 Jill 嘅阿哥 Leon。

「可惡！」阿 Jill 咬牙切齒咁講：「你呢個魔鬼！」

「睇嚟，呢個鬼故事就係正確答案。」Beely 非常滿意咁講。

1 NOV 71

DOD PRESCRIPT

FOR (Full name, address, & phone number) (If under 12,

John R. Doe, HM3, USN

U.S.S. Neverforgotten (DD

MEDICAL FACILITY

U.S.S. Neverforgotten (DD 178

℞ (Superscription)

(Inscription)

Tr Belladonna 15 ml

Amphogel q.s.ad 120 ml

(Subscription)

M & Ft Solution

(Signa)

Sig: 5ml t.i.d. a.c.

gm or ml

Invoice texts compared with RSK samples

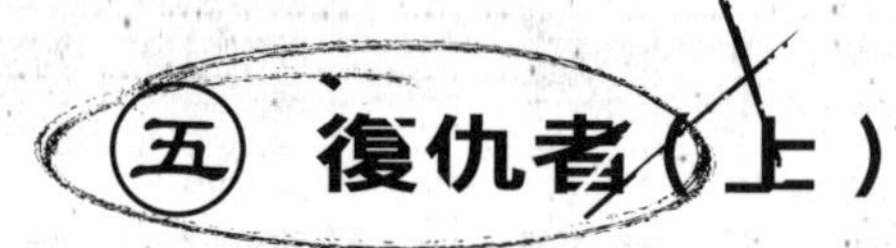

五 復仇者（上）

【Jill 視角】

事情嘅緣由，就要由廿年前講起。

我自幼父母雙亡，自有記憶以嚟就同大我三年嘅阿哥一齊喺孤兒院長大。

一直到我五歲嗰年，馬凱博士兩公婆嚟到孤兒院領養咗我哋兩兄妹，從嗰日起就成為咗我哋嘅養父母。

除咗我同阿哥之外，養父仲領養咗六個同我哋年紀相約嘅孤兒（八兄妹裡面我排行最尾）。養父母本身慣咗深居簡出，之後幾年時間我哋一直一齊生活喺一間背山面海，遠離繁囂嘅大宅裡面。

基於身份理由，加上信唔過外面嘅教育模式（覺得會污染我哋嘅心智），所以養父一直冇送我哋去正規學校讀書。而係請兩位超高學歷嘅管家兼任家庭教師教我哋。有時養父都會親身授教，佢一直有個期望，就係將來可以將佢嘅知識完完全全咁傳晒畀我哋……

我永遠唔會忘記嗰段書本不離身嘅艱辛歲月。不過付出總係有回報，喺我踏入十歲嗰年，我同幾位阿哥嘅知識水平已經遠遠超越一般人中學畢業嘅程度，高考試題對我哋嚟講可以話係易如反掌。

然而，多年嚟只專注於學業知識，始終冇離開過大宅半步嘅我哋，對外界嘅事實在有太多嘢係唔清楚，亦都唔知養父養母本來嘅職業係咩……

同年四月嘅某一日，當時有位廿五歲嘅後生男人遠道而嚟，希望見我嘅養父一面。

「馬凱博士，係 Mr.White 叫我過嚟搵你。」後生男人先係彎腰敬禮，接住講落去：「我……應該話我哋有個『計劃』，如果冇你出山幫手肯定冇可能成事。」

當時我哋喺閣樓偷聽到呢度，就俾女管家發現趕走（事後仲俾人痛罵一頓），所以冇機會聽到成段對話……

自從嗰次見面之後，養父養母就經常離開大宅，平均一星期只係得一兩日會返嚟。而開始懂事嘅我哋都隱約感覺到，佢哋因為呢件事承受住莫大嘅壓力，終日愁眉苦臉，仲不時流露出哀傷嘅神情。我哋當然有試過關心，但養父每次都係輕輕帶過去……

看似風平浪靜咁過多兩年之後，終於迎嚟人生另一次轉捩點。

當日養父喘晒氣咁趕返屋企，唔單止神色倉皇，全身上下仲染滿血跡。但佢並冇立即趕去清洗，而係第一時間吩咐兩位管家幫我哋打包行李，然後喺書房裡面寫咗三封信。

「Johnson，呢兩封信你好好收埋，等到飛機安全起飛先打開。」養父將信交俾男管家嘅時候講：「入面會交代你哋落機之後應該點做。至於另一封信，如果之後一直未收到我嘅消息……記住係『可信』嘅消息，你就等到阿一同阿二成年之後交畀佢哋。」

「咁最後呢一封呢？」Johnson 問。

「呢封我會自行處理。」

「老爺……」

「殊。」

養父大概係透過地板嘅倒影注意到我喺門外面偷聽。換轉係以前，肯定會俾佢嚴懲一番，但養父今次並冇咁做……

「Jill，」佢當時只係用慈祥嘅笑臉同我講：「由今日起我哋就要暫時分開一段時間。」

「分開？嗚……」我當時聽完喊得好犀利，「爸……你點解要走呀……係咪我哋做錯咗啲咩？」

「邊係呢？你哋一直都好努力好乖，錯嘅係我。」養父搖搖頭，「有啲罪孽只要犯過就會永遠隨身，就算之後做幾多嘢彌補都冇辦法擺脫。」

「罪……罪孽？」

「可以嘅話，我希望你哋幾兄妹永遠都唔會知道。」養父伸手輕輕摸一摸我個頭，「Jill，真係眨個眼妳就已經變到咁大個……偷偷講個秘密妳聽，其實我同老婆當初係冇打算領

養細路女，而妳係唯一嘅例外……知唔知點解？」

「係咪……」我抹一抹眼淚再講：「因為你見阿哥聰明……又知我哋係親兄妹……唔忍心分開我哋？」

「錯喇。」佢搖搖頭，「乖女呀，由第一眼見到妳嗰刻，我就知道妳係成個孤兒院裡面天資最聰敏嘅一個，我老婆當然都係咁諗，所以先會打破慣例。然後，經過咁多年，經歷咗咁多事之後，我總算明白到，因為自己嘅固執同埋個人利益將你哋限制喺呢間大屋裡面，其實反而係扼殺咗你哋……」

講到呢度，佢轉身打開旁邊嘅一扇窗。

「而家……比起繼承我嘅學識，我更加希望你哋可以好好咁生活，自由自在咁飛翔。」

呢次，亦係我同養父最後一次見面。記得當晚，兩位管家帶住我哋八兄妹漏夜離開大宅趕去機場，先搭通宵機去到泰國，喺酒店安定一晚之後就再轉長途機去到美國舊金山。

雖然一直都冇問清楚，但我哋內心都知道呢次所謂「難得嘅修業旅行」實際上係一次大逃亡，只係唔知逃避緊邊班人。喺美國輾轉住過幾個地方之後，我哋總算喺休斯敦正式安頓落嚟。

其後，我哋又過咗三年安穩嘅時光，亦都真真正正咁體會到自由係咩一回事。彷彿每件事都變得新奇有趣，返學、做嘢、結識朋友、戀愛……唯一令我傷心落淚嘅事，就係我哋始終都係收唔到養父養母嘅消息。

一直到大哥二哥十八歲成年， Johnson 依照承諾將第二封信交到佢哋手上。因為我哋兄妹之間從來都冇秘密，所以我馬上就知道信入面嘅內容——

【假如你們收到這封信，即是代表我和妻子都已經不在人世……】

呢段信，前半段同當日養父同我講過嘅嘢類似——希望我哋喺新地方可以無拘無束嘅生活、後半段開始評價我哋每個人嘅長短處，建議我哋可以向邊個領域發展……

一直到差唔多最後，佢先留低咗一個名字──麥士承，即係Beely，佢就係當年上門邀請養父嘅後生男人。

【其實我個人並不希望你們走上報仇這條路，但我也清楚你們的脾性。所以這個名字，是我為你們留下的一條線索。就看你們有沒有決心和能力順藤摸瓜去找到我留低的最後一封信，去完成這場「考試」。】

當晚，我哋用投票方式決定之後嘅去向。結果係六比二，為養父養母復仇嘅計劃就係咁正式展開。

為咗達成呢個「長遠目標」，接住幾年我哋開始根據自身長處喺唔同地方發展。擅長打交道同經濟財技嘅大哥同三哥分別去咗日本同新加坡打天下，喺冇任何遺產同資源嘅情況都依然迅速打響名堂，其他人唔會從資金方面將我哋同養父母掛鉤。

至於勇敢無懼嘅二哥、五哥同阿七，就毅然進入黑暗嘅地下世界，希望喺唔同領域徹底檢查麥士承呢個人，同時等復仇計劃正式實行嘅時候有合適嘅「工具」可以利用。

而凡事謹慎嘅四哥同六哥，就守喺後方負責統籌以及打點

一切。萬一情況突然急轉直下都會有個避風港等我哋返去……

最後就係我。雖然當初投票揀咗「復仇」，但七位阿哥其實都唔希望我同呢件事扯上關係，作為一個普通人好好生活。但我並冇乖乖聽話，讀完碩士畢業之後就自作主張咁行動起嚟……**深入虎穴**。

「我叫做 Jill，希望可以加入『Dark Flow』成為大家嘅一份子。」

幾位大哥當然對我嘅行動表示震驚，但事已至此都只能接受。而我成為臥底後，確實為佢哋提供咗好多有用嘅資訊，成功將之前搵返嚟嘅線索串連埋一齊……得出一個初步嘅結論：

養父當初協助麥士承嘅計劃叫做「**絕對權力實驗**」，可以斷定當中牽涉過好多不人道嘅實驗，而且俾某個巨大勢力壓住所以冇透露過半點風聲。養父作為幫凶一直深感後悔。多年後嘅今日，實驗嘅原址變成咗「Dark Flow」香港分區嘅總部，而呢座大廈每日去到六點六分六秒就會出現異變……

為咗搞清楚呢個「異變」係咩一回事，我曾經有諗過扮誤闖然後親身體會，但大哥今次卻堅決反對……

「妳唔需要心急，時間永遠企喺我哋呢邊。」當晚佢喺餐廳咁同我講。

「但我哋仲未搵到爸留低嘅信……我一直有種感覺，嗰封信同公司嘅異變係有住直接關係。」

「妳嘅直覺向來都好準。」大哥笑住講：「總之，無論如何都要保持冷靜，時刻留意狀況嘅細微變化，等待時機出現……」

所謂嘅時機好快就出現咗──因為阿 York 喺面試嗰陣對我嘅言語羞辱，所以我好自然咁將目標放喺佢身上。大概係上天都眷顧我，正好第一晚佢就留低咗耳筒喺辦公室，我就趁佢返去拎嘅時候將佢反鎖喺會議室……

今次行動令我成功調查出異空間嘅各種資訊，當中包括非常重要嘅一點──**冇打針喺異空間死亡就真係會死。**

「四弟已經查出枝針嘅來歷。」大哥喺電話裡面講：「好快就可以整到幾枝俾我哋。不過以防萬一，我哋盡量揀『事件』唔會出現嘅日子先落手。」

「嗯。」

「然後妳嗰位同事阿 York……既然佢對妳有好感，妳或者可以考慮下好好利用呢點。」

「如果唔係因為佢，我真係差少少就會死……」

「妹，你我都心知肚明，我哋咁多個裡面，最心狠手辣嘅人並唔係阿二，而係妳……」

我當然知道。當晚，養父嗰句說話一直喺我腦海裡面揮之不去……**有啲罪孽只要犯過就會永遠隨身**──如果為咗復仇而傷害到無辜嘅人，就算最後真係成功，我都冇可能得到解脫。

只係……正如阿哥所講，我果然先係最狠嘅一個。

「你叫做阿 York 可？」

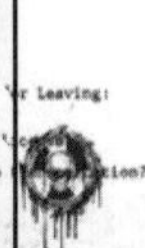

當日，我利用四哥為我安排嘅困[illegible]時間，開始我嘅「精湛演出」。

「嗯。估唔到妳會記得我個名。」

「咁做我呢個位一定要記得晒公司啲人。頭先……困輕嘅時候，我突然有種『人生真係好難』嘅感覺，所以先會搞到咁樣衰……」

「唔會真係因為我先咁諗嘛？」

「都話唔關你事。我只係諗……明明人與生俱來應該係要活得自由自在，但偏偏……好多嘢總係身不由己，好似被迫要面對咁。」

「我明。我真係明。」佢點頭同意。

「所以，就算離開到呢度又點？出到外面，其實都只係被困喺一個大啲嘅監獄裡面。」

冇錯，只要可以為養父養母報仇雪恨，就算要帶住愧疚感過一世都冇所謂。

「拎你部電話嚟。」

「係？」佢一臉疑惑。

「我嘅電話號碼呀，係咪唔想要？出咗去就冇機會㗎喇。」

接過阿 York 部手機後，我迅速打開四哥留低嘅網站連結，結果順利駭入。自從呢次之後，我哋就一直盜取「戰略部」群組入面嘅資訊，最後定出正式行動嘅日期。

一切，終於準備就緒。

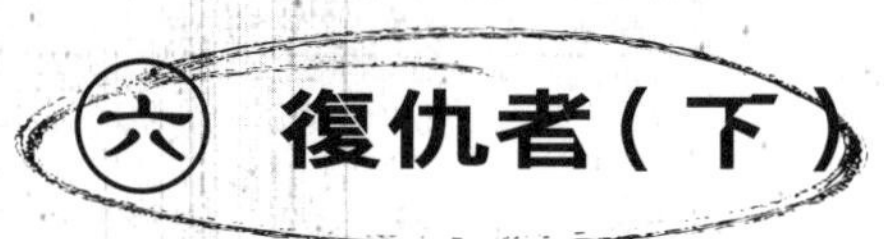

雖然由入職到試用期完幾個月以嚟一直都冇親眼見過 Beely，但從其他人口中（特別係人事部嘅 Amy 姐），配合暗中調查出嚟嘅資訊，已經足夠斷定佢係一個極度謹慎嘅人。

首先，佢大部份時間都唔喺香港，即使返嚟，都係幾個月甚至半年一次，仲要每次唔會逗留多過兩日。

而佢來回都係乘搭私人飛機，落地之後會出動幾架同款嘅反光玻璃防彈車、再安插幾位替身擾亂追蹤，然後喺半路分散去到唔同嘅秘密落腳點。整個過程做到滴水不漏，完全冇辦法追蹤，變相好難喺外面進行偷襲……

所以，整個計劃嘅關鍵，就係想等佢返到嚟公司，完全鎖定好位置先展開行動。當然，大哥們都清楚直搗黃龍嘅風險，不論成功與否都好難全身而退，但佢哋為咗復仇，已經做好晒覺悟。

正式行動當日，我如常提早好多返到公司。而幾位阿哥亦都喺幾條大街以外準備就緒。意料之外嘅係，本來 Beely 已經安排好早機返到香港，中午左右就會到達公司……但結果去到就快放工時間都未見人。

【行動取消？】

【不，改為 Plan B。】

我原先以為大哥應該會放棄行動，靜待下次機會……但結果我錯了。

【老鼠已經聞到香味，這事無法再拖了。】

而所謂 Plan B，就係主動出擊，利用公司同事作為人質，迫佢現身……

「但嗰個惡魔真係會妥協咩？」當初商討計劃細節時候，四哥忍唔住問：「佢呢種做盡壞事喪心病狂嘅人，點會在乎啲下屬嘅生死？」

「一般同事好難講……但如果係為咗呢個女人。」大哥掉出 Amy 姐嘅相，「同埋嗰班令佢『計劃』可以順利進行而賣命嘅人……多少係值得一搏嘅。」

「你所指嘅，只係一個冇咗記憶嘅前女友，加埋一班隨時可以換過另一批嘅工具人……真係重要得過佢條命？」四哥聽完依然好懷疑。

「對佢呢種人嚟講，死唔得人驚，生不如死先係。」大哥意味深長咁講：「當然，最好嘅情況係唔需要用到 Plan B，但萬一真係發生……又唔好彩賭錯嘅話，老四，到時就要靠你救我哋喇。」大哥微笑道：「話晒你都已經準備咗咁耐。」

「唉，都估到……真係苦差啊。」四哥無奈咁講。

事情發展落去，就係 Me 姐帶住 Beely 嘅訊息現身，而對方提出嘅交易亦正中大哥嘅想法……呢個魔鬼居然真係願意冒險去換班同事嘅安全。

雖然表面好順攤，但我硬係覺得佢係另有所圖。為咗傳達呢個憂慮，所以我喺入粒之際同六哥打咗眼色。六哥反應夠快，即刻配合做戲將我喺粒裡面拉返出嚟同其他同事分開。

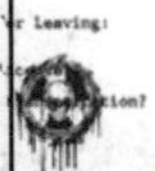

「妳係真心覺得有唔妥定只係唔想走？」六哥懷疑咁講：「妹，我哋事前已經傾好咗，危險嘢等我哋處理，妳去同四哥會合……」

「但你哋真係覺得嗰個男人會咁簡單就認命咩？」我質問面前嘅二哥同六哥。

「肯定唔會，但我相信老大嘅判斷。」二哥依然充滿信心，「亦都相信我手上呢枝槍，佢從來冇令過我失望。」

「二哥……」

「老妹，」二哥搖搖頭，「妳要知道錯過呢次機會，隨時又要等多半年。拖得越耐，我哋嘅處境只會越嚟越危險。」

「冇錯，」六哥補充，「假如唔係四哥犀利，Mr.White 嗰邊肯定早就發現有唔妥……」

「總之對我哋嚟講，今次係不成功便成仁……」二哥拍一拍我膊頭，再同六哥講：「六，阿哥知你其實心裡面都唔係好想上嚟，咁喇……我俾個任務你，安全帶阿妹離開呢度，盡快同四弟會合。」

「明白。」

「二哥……」我正想開口，但俾佢揮手打斷。

「妹，呢幾個月妳都任性夠喇，而家應該輪到我哋……一陣外面見喇。」睇嚟佢係主意已決，「六，帶佢走。」

就係咁，六哥拉住我轉入後樓梯。沉默咁行咗一陣之後，六哥率先開聲講：

「Jill，妳要明白我哋嘅苦心。由始至終都係希望妳可以同成件事脫離關係，自由自在咁生活。」

「但有可能咩？萬一你哋出咗事，得我自己一個苟且偷生，你覺得我真係可以安心咁過下半世？」

「咁實係唔得。」六哥坦承咁講：「所以妳私自行動我哋都唔敢有怨言。而事實證明妳係做得好好，可以話係超額完成……而咁樣已經足夠喇，假如咁都失敗嘅話，就係證明我哋做阿哥嘅無用，完成唔到養父留低嘅最後呢條考題。」

佢講到呢度停低腳步，擰轉身望過嚟，露出一個久違嘅溫柔笑容。

「妹，我頭先喺車入面都同其他大哥提過……等到呢件事完結之後，我哋一定要一齊去一次真正嘅旅……」

但就喺佢講到一半嘅時候，後樓梯嘅燈突然全數熄滅，繼而換成標誌住嘅危險嘅紅光……

「發生咩事……」六哥大驚，「妳唔係話噚晚先發生過『事件』咩？」

「係呀，照計應該係唔會連續兩日……」

「唔通係嗰個衰人搞出嚟？」六哥反應過嚟即刻握實槍，而同一時間，樓上亦都傳嚟槍聲，「係公司嗰邊傳嚟，睇嚟真係出咗事！」

「我哋係咪應該上去幫手？」我焦急咁問。

「唔係，我哋要盡快離開呢度！」六哥捉住我隻手，「我應承咗二哥……啊！？」

突然一聲大喊配上可怕嘅撕裂聲，我親眼目睹一枝尖柱喺六哥嘅喉嚨刺出嚟——係有人從後偷襲，一擊刺穿佢嘅喉嚨……

「六哥！」

我激動大嗌，而六哥只係睜大眼震驚咗兩秒，眼皮隨即無力咁合埋。就喺佢倒地一刻，我終於見到兇手嘅身影，係一個帶住虛假笑容嘅中年女人？

我一直都聽唔到其他人嘅腳步聲。換句話說，佢係憑空出現……

「我哋需要妳……佢需要妳……」中年女人用猶如機械人一樣嘅死板語氣對住我講。

當刻，驚恐、憤怒、悲傷……各種想法摻雜成一體，我彎低身執起咗六哥枝槍，準備作出最後嘅反抗……

但我連枝槍都未握穩頭部就受到一下重擊，全身馬上無力倒地。即將失去意識之際，我聽到佢開口繼續講：

「需要妳……製造更多混亂。」

最初我以為自己死硬。就好似六哥咁，只係痛一下就解決，可以自私咁先行一步，唔需要再煩惱，同為其他人而感到傷心……

但我錯了，到我醒返張開雙眼，眼前再唔係嗰位殺死六哥嘅中年女人，而係 Me 姐同阿 York……仲有我哋發夢都想殺死嘅對象——Beely。

衝擊嚟得太突然，加上頭腦受過重擊，所以我一時三刻反應唔嚟，甚至懷疑過所有嘢都只係幻覺，直至見到房門再次出現中年女人嘅身影……

「……係陷阱……」

我瞬間恍然大悟。

「佢哋就喺外面等緊你哋！」

呢個就係我嘅故事，亦係 Beely 口中嘅鬼故事。

⊠ ⊠ ⊠

時間返到現在。

「可惡！你呢個魔鬼！」

明明差少少就可以手刃仇人，埋門一腳偏偏俾 Me 姐制止咗。佢再用力扭我嘅手腕。劇痛迫使我鬆手，短刀隨即跌落地下。

「York，執起佢！」

Me 姐邊講邊拎出手扣。雖則以前有學過自衛術防身，但啱啱醒返力氣實在冇咁快恢復到，嘗試反抗最終都係失敗收場，結果雙手俾佢鎖喺背後……

「點解妳要為呢個魔鬼賣命！？」我大喊，「佢只係利用緊你哋！」

「唔好左一句魔鬼右一句魔鬼，」Beely 插嘴，「明明我頭先咁大愛用自己條命嚟救班同事，妳當時都在場㗎？」

「你分明係假慈悲！」我怒啤住眼前呢個男人，隨住狀態慢慢恢復過嚟，內心嘅憤怒只係有增無減，「我哋已經查過你做嘅事，你害過嘅人多到死一百次都唔夠啊！」

「只可以講妳聽返嚟嘅全部都係流料，分明係對家嘅商業抹黑，我要保留返追究權利……」

「你再扮嘢吖！」我企圖撲到佢身上，假如可以成功報仇，就算要我原始到用牙咬死佢都肯。

「夠喇！」但 Me 姐馬上將我拉返後，「你哋再嘈嚟嘈去一陣班『怪物』又要返轉頭！」

「返嚟好呀，到時最多就一齊死……」

「錯喇，只要我哋到時唔出聲，死嘅就只有妳。」Beely 冷笑道。

「阿 Jill，妳冷靜啲聽清楚！」Me 姐嚴肅咁講：「首先我根本唔係亦都冇意欲幫呢個男人賣命，我當初係自願加入『戰略部』……」

「咁妳一係就係傻，一係就係俾佢花言巧語呃咗！」

「我就係想搞清楚，所以先要求妳冷靜！呢刻最重要係保住自己條命。之後我會聽晒你哋兩邊嘅講法再作出判斷……」

「哈，真係天真，呢個魔鬼肯定唔會俾我有命返出去……」我將目光轉到阿 York 身上，佢自從執起把刀之後一直都係呆住咁望實我，「我唔信你哋冇懷疑過，明明『事件』噚晚已經發生過，點可能今晚又會再發生，分明所有嘢都係佢搞出嚟……」

「係呀，有能力搞咁多嘢都搞到自己咁狼狽，我真係夠晒天才。」Beely 指住包紮咗嘅左腳，明顯係想扮受害者嚟撇清嫌疑。

我哋再互啤咗幾秒，之後阿 York 終於開口：「妳……妳知道得咁多，係咪因為喺我手機裡面裝咗嘢？」

「冇錯！」我坦然承認。

「即係……話睇戲都只係藉口，其實係利用我……」

「係！完全係為咗今日呢個行動！」

「即係，頭先放人質嗰陣，妳唔係擔心緊我哋……而係擔心緊妳阿哥囉！？」

「……」我定一定，感覺成個話題越走越偏，「呢點重要咩？」

「超重要囉！即係我一廂情願咗咁耐，一直以為錯嘅人係我，但原來係反過嚟！」阿 York 好似小朋友發脾氣咁連踩兩下地板，「Me 姐，將佢交俾我！呢個女人……我一定要好好教訓佢！」

Beely 同 Me 姐聽完都有啲愕然。

「你係咪聽唔到我講咩？」Me 姐有少少無奈咁回應：「而家最重要係保住條命。」

「咁妳更加唔可以分心，睇實佢呢個任務交俾我做就得！」

「好喇。」雖然係有少少唔放心，但 Me 姐都係將我交到佢手上，「唔好再喺度浪費時間，我哋要盡快會合返其他人。」

Me 姐講完馬上行動，可能驚我會再次發難，所以 Beely 即刻好似隻跟尾狗咁跟到實一實。

「行喇！八……！」阿 York 本來想鬧我，但結果又收返。

佢一直搭住膊頭從後推我行。雖然生理上感到厭惡，但一諗到過去對佢做過嘅事，又會覺得自己係罪有應得。

直至出到走廊，佢突然壓低聲喺我背後講：「雖然妳跣咗我咁多鑊，但我內心始終相信妳係有苦衷。」

「吓？」我不解。

「所以，由而家開始我會一直擋喺你同細老闆之間，唔會俾妳傷害佢，亦都唔會俾佢傷害到妳。Jill，我哋要一齊捱過呢關，之後我要親口聽到妳嘅解釋，再決定原唔原諒妳。」

我聽到呢度確實好意外，估唔到發生咗咁多事，佢依然覺得我係可以相信……

睇嚟，呢個男人果然係蠢得交關。可惜，事情已經去到冇彎轉嘅地步。唔係嘅話，我或者真係會考慮同佢去睇嗰一場戲。

只係，我大概又會再辜負多佢一次。既然 Beely 出現得喺度，即係代表大哥二哥佢哋失敗咗，甚至陷入咗重大危機。

既然天唔俾我死，即係我仲有機會為佢哋報仇。

諗到呢度，我喺衫袖裡面抽出一枝細針，嘗試解開手扣。

我要冷靜……冷靜……

等待下一次落手嘅機會。

七 B Team

【阿 York 視角】

我真係發夢都冇諗過，阿 Jill 居然係今次人質事件嘅始作俑者之一。

知道真相嘅一刻，我忽然覺得前排嘅自己真係弱智到爆。居然每晚喺度煩惱點樣氹先可以令佢原諒我。但原來我先係一直俾佢玩到氹氹轉……

不過講係咁講，即使佢害到我咁，我依然係嬲佢唔落，至少到目前為止都係。因為佢對細老闆嘅恨意明顯係發自內心、係恨不得將佢煎皮拆骨嘅程度。

所以，比起怨恨，我更加想知道佢到底有咩原因同苦衷，先會不惜代價做到呢個地步……

當然，喺現時呢個環境係冇可能問清楚。總之無論如何都要保住條命，其他嘢之後再算……

離開「尾房」之後，我哋經後樓梯一連落咗好幾層。每次經過防煙門嘅時候，Me 姐都總會認真檢查一下門柄。一路檢查到四樓，佢終於發現到啲嘢……

「係佢哋留低嘅訊息。」Me 姐喺柄底摵出一張迷你嘅圓形貼紙，「睇嚟佢哋好大機會喺呢層……提高警覺。」

佢講完用最細嘅力度推開防煙門，先用眼神示意 Beely 行先，自己跟喺後面……

「行囉。」接住輪到我同阿 Jill。

雖則前面話嬲唔落，但呢段路程我係一啲都冇鬆懈，一手搭實佢膊頭、一手抓住佢手臂，以防佢會突然發難襲擊 Beely 又或者走咗去……總之呢啲關頭唔會講咩男女授受不親。既然 Me 姐俾得呢個咁艱鉅嘅任務我，當然要做好佢。

本身以為防煙門另一邊應該又係冷冰冰嘅走廊加幾間辦公室，結果映入眼簾嘅係一個大型倉庫，面前擺放住一排又一排嘅貨架同木箱紙皮箱。而倉庫所有窗都封實晒，變相冇辦法利用窗嚟逃生。

如果唔係 Me 姐話佢哋留低咗訊息，我肯定唔敢行得太深入，因為咁嘅環境實在係太適合敵人埋伏，我彷彿已經可以想像到「掃地婆」突然喺貨架後面彈出嚟嘅畫面。

越係靜，就越覺得危險……

「四樓幾乎係全層打通晒，只係得一間主管房。」Me 姐邊講邊帶領住我哋行，但就喺穿過一排擺滿舊電器嘅貨架之後，佢再次停低落嚟，「等陣。」

佢之所以停低，係因為前方幾米以外嘅位置有唔妥——有一個女性身影被鐵鏈凌空倒吊住，我有一秒仲擔心呢個人係海兒……

但唔係，行近幾步再望真啲，可以見到女人臉上掛住詭異嘅微笑，原來又係一隻「掃地婆」，真係老是常出現。至於佢下方嘅地板上面，除咗掃把仲有一隻疑似男性斷手……

「哦……知道打唔贏所以就限制佢哋行動。」Beely 一臉恍然大悟，「睇嚟只要武器離手佢哋就唔會構成威脅。」

「應該係杜少佢哋做嘅。」Me 姐回應：「佢哋最拿手就係整陷阱。」

咇、咇咇。

旁邊貨架突然響起兩下詭異嘅鈴聲。因為睇得太多電影嘅緣故，當刻我下意識咁以為係炸彈，所以第一時間拉住阿 Jill 一齊向後退。

「啊！？你搞咩……」因為情況危急冇顧到力度，所以阿 Jill 都嚇咗一跳。

「係炸彈！Me 姐……」我連忙提醒埋前面兩個人。

但 Me 姐明顯一啲都唔驚，冷靜咁喺舊電器堆裡面抽出嗰件發聲物品——原來只係一部手機。

「多謝你嘅提醒。」Me 姐對我展露出一下壞笑，隨即接通來電，「點樣呀，杜少？」

「好彩妳聽到咋。」通話嗰邊傳嚟一把男聲，「唔係前面嘅陷阱肯定會俾你哋破壞晒……」

「又或者害死我哋。」Me 姐抬起頭周圍望，「你哋係咪裝咗攝錄機見到我哋嘅情況？」

「嗯，除咗妳，我仲見到 Beely 同兩個好少見嘅同事。」

「認唔出係因為你成日都唔返工。」

聽到呢度我總算明了。杜少應該就係 B Team 五人眾之一。老老實實，返咗咁耐工，除咗嗰晚「事件」遇過冒牌阿平之外，真係一次都未見過 B Team 嘅成員，直程係難遇過班「怪物」。

「我冇估錯嘅話，你哋應該開咗『通行證』嚟用？」Me 姐接住問。

通行證——我仲記得上次同海兒食壽司嘅時候佢曾經提過，呢件係異空間入面嘅其中一件寶物，由 B Team 嘅人負責管理。其用途係可以佔據大廈裡面嘅任何一間房，佔據完之後間房就會變到「絕對安全」，一直維持到「事件」結束為止。

雖然聽落好有用，但同 Me 姐嘅「黑卡」以及 Beely 嘅「鋼筆」一樣都係有限定次數，所以只有非常緊急嘅情況先會開嚟用。

「冇錯，最後一次都用埋。可以嘅話我都唔想，但今次嘅情況實在太惡劣……你哋面前嘅『怪物』根本就殺唔死。」杜少回應。

「嗯，我哋睿智嘅老闆仲要話佢哋只係卒仔……算喇，等我哋入嚟再講，留喺外面實在係太危險……」

「等陣先。」杜少打斷佢，「Me 姐，今次真係幫你哋唔到……」

「你咁講係咩意思？」Me 姐聽完眼神變了。

「我都唔婉轉直接講，我同其他同伴都唔贊成打開道門俾人入嚟。」

「你即係想守喺裡面直到呢件事完？你係咪唔記得咗我哋嘅責

任？同埋我要提醒你，今次嘅『怪物』係 V 級，如果放生佢下次可能就係 D……」

「哈，講責任，妳覺得我哋會唔明咩？過去有幾多次你哋搞出嚟嘅蘇州屎最後要我哋執？算喇，我都唔想喺呢個時間嘈……總之，我哋係判斷完隻『怪物』唔會行出大廈先咁做，阿 Joe 仲要因為咁犧牲咗右手，已經係盡咗力喇。」

Me 姐聽完冇拗落去，大概知道再講都係白費心機。我亦終於明點解咁耐以嚟都冇見過 B Team 班人。睇嚟同普通嘅辦公室一樣，「戰略部」實際上都係分咗兩個圈子。話就話大家都係同伴，其實兩 Team 人各有各做，關係認真麻麻。

「喂喂，阿杜少。」Beely 終於忍唔住插嘴，「話晒我都有份出糧畀你哋呀，係咪應該開門俾我入去呢？」

「老闆呀老闆，某程度上今次搞成咁都係多得你咋。」杜少相當唔客氣咁講：「老老實實，比起班『怪物』，嗰班揸槍想殺你嘅人先係更加危險。」

「冇錯呀！」另一個男人插嘴，我認得把聲係屬於阿平，「講咗好多次要幫我哋買槍。結果呢？搞嚟搞去都係得兩枝垃圾手槍！而家外面班人用緊自動步槍啊！」

「就係咁，明顯處於弱勢嘅情況下，我哋仲點敢亂開門？」杜少接住講：「況且，你上樓換人質但又死唔去呢件事本身就太奇怪，我哋就算有懷疑都好合理啫？」

「咁純粹係因為我福大命大。」Beely 望向我哋呢邊，無奈咁聳聳肩，「妳睇下，我連呢班人都騎唔住，何德何能去害死馬凱兩公婆呢？」

「哼。」阿 Jill 明顯係唔相信，「仲喺度扮嘢。」

「等陣先。」Me 姐忽然醒起一樣嘢，重新出聲：「即係話你哋都冇俾士巴拿佢哋入去？」

「士巴拿？」杜少不解，「我冇見過佢哋嗝。」

「吓？但門口明明……」

一聽到門口呢兩個字，我好自然咁將目光移返去倉庫防煙門嗰邊，亦正好喺呢瞬間注意到有人推門，推門者係戴住面具同揸住步槍……

「Me 姐！嗰邊有人呀！」我直接大喊。

Me 姐反應依然迅速，即刻拉住旁邊嘅 Beely 避到一條石屎柱後面。而我就同阿 Jill 退到牆邊踎低。

「明我哋點解唔肯出嚟喇？」杜少冷漠咁講：「Me 姐、Beely，希望你哋捱得過呢關……再會。」

講就好聽，但條友分明係有心靠害……呢個時候講嘢等於係暴露咗 Me 姐嘅確實位置。

「垃圾杜少！」Me 姐激動咁鬧，但對方已經收咗線，「出到去我一定殺咗你！」

「玩夠捉依因喇！」防煙門嗰邊嘅面具男開始講嘢，果然又係

Leon，「我哋調查過呢一層嘅環境，你哋已經冇路可走。」

Me 姐冇回應，而係將目光放到幾米以外嘅另一道防煙門。

「另一道門都有我嘅人守住。」就好似睇穿 Me 姐諗咩咁，Leon 接住講落去：「你哋夠膽嘅話大可以試下我講真定講假。」

而令我感到意外嘅係，阿 Jill 竟然冇出聲向 Leon 表示自己在場，仲要乖乖聽話完全冇掙扎。明明爆發槍戰嘅話，我哋呢個高危位置好大機會中流彈先係……

莫非，佢咁做係唔想 Leon 有任何顧忌？為咗報仇真係可以去到咁盡？

「又係已讀不回……」Leon 嘆咗口氣，「咁睇嚟要用呢招喇。」

佢揮手向後樓梯嘅同伴打手勢。幾秒後，另一個帶住傷勢嘅槍手將某個人推入倉庫，再命令佢跪低……

係海兒，佢表情充滿恐懼。雖然冇俾人綁住手腳，但俾槍威嚇住都只可以照做。

「你行先，呢度我處理就得。」Leon 同佢嘅同伴講。

「但係……」

「你傷勢唔輕，再留喺度會好危險，快！」等到同伴離開，Leon 隨即打開膊頭嘅電筒，照清楚海兒俾我哋睇，「燈光夠唔夠？我知道佢係你哋嘅同伴，講得啱唔啱？」

Me 姐憤怒到咬牙切齒。至於 Beely 就一直盯住我哋呢邊，表情似係考慮緊某個計劃……

「我再講一次我嘅目的——交 Beely 出嚟，只要可以殺死佢，我保證你哋全部人都唔會有事。」講到呢度，佢突然舉槍指向海兒……

砰！

「啊！？」

震耳欲聾嘅槍聲響起，Leon 開槍射向海兒腳邊，嚇到佢忍唔住尖叫一聲。

「今次我唔會再晒時間！」Leon 大嗌。

「十秒……我保證下槍一定會打中目標！」

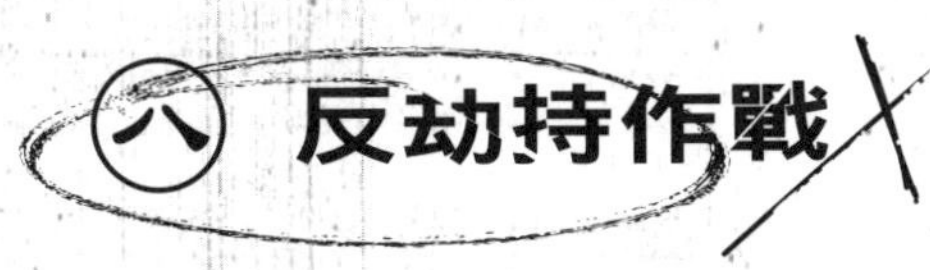

八 反劫持作戰

「十！」

兜完一大個圈，結果都係返番去最初嗰個嚴峻局面。

人質換咗，但對方嘅目標依然一樣。

「九！」

呢刻我腦海再次飛快轉動起嚟。雖則呢度係異空間，死咗最多係冇咗部份記憶同變到行屍走肉。但呢個並唔係縮沙唔救人嘅理由，正如海兒當初就冇放棄過我。

到底，除咗交 Beely 出去，仲有咩辦法可以扭轉形勢？諗到呢度，我不禁將目光轉到旁邊嘅 Jill 身上。

或者……只要狠下心腸嘅話，真係會有方法？

「六！」

我係咪應該要行動？定應該……

「五……」

「知道喇！」Me 姐終於出聲，「既然你想要人我就交畀你！」

「喂喂，」Beely 聽完有啲意外，「等我仲以為妳會諗到其他辦法……」

「仲可以有咩辦法？」Me 姐反問：「你唔係本來就預咗死咩？」

「Me，我指嘅死係死喺現實世界……唔係呢個鬼地方。」Beely嘅語氣難得地認真。

大概，對佢呢種身處高位已經享慣福嘅人嚟講，行屍走肉比起真實嘅「死亡」更加痛苦吧？

「你知道我哋一直搵緊解救方法。」Me 姐講：「總有一日我會救返你同 Amy 姐……」

「妳唔明……」

「你哋唔好再討論啲冇意義嘅嘢喇。」Leon 打斷我哋，「我講過，我係唔介意殺你兩次……」

「哈，唔使客氣喇……」Beely 轉過嚟望向我哋呢邊，「Me，既然妳冇晒橋，咁我就唯有自己嚟。」

說罷，佢忍痛快步直衝過嚟，同時喺西裝內袋裡面抽出一把虎爪刀。其實呢一秒我已經隱約估到佢想點，但我並冇阻止到……

大概，我內心深處都承認呢個係最好嘅辦法。

「吖！？」

喺我有任何反應之前，佢已經粗暴咁拉走阿 Jill，再用刀尖指向佢條頸，繼而行出貨架，直接面對 Leon……

「都係多得我嘅好同事爆料，我先知道你同佢嘅關係。」Beely重新掛上笑容，「兄妹可？」

所謂「爆料」，指嘅應該係我頭先喺八樓尾房講嘅嘢。

Leon 冇回應，戴住面具亦都睇唔出表情。但其實冇即刻舉槍，某程度上已經證明咗佢有所動搖。

之前覺得阿 Jill 唔出聲係唔想 Leon 有所顧忌，但換個角度去諗，既然佢哋係兄妹，資訊互通目標又係一致嘅話，本身就冇理由會分頭行動先係。

唯一嘅解釋，就係阿 Jill 的確係唔應該在場。

話晒今日上嚟「Dark Flow」係為咗殺人報仇雪恨。作為大哥，應該係唔會想細妹以身犯險……所以，佢啱陣咁順攤願意放人質，大概只係想製造一個畀阿 Jill 輕鬆退場，唔暴露身分之下離開大廈嘅機會。

人算不如天算，結果中途出現咗意外，阿 Jill 俾「掃地婆」捉走，導致而家咁嘅尷尬情況。而為咗阿哥行動順利，佢頭先選擇粒聲都唔出，係唔想自己成為呢次復仇計劃最大嘅包袱。

而 Beely 同我一樣都睇中咗呢點。睇中佢哋兄妹情深，用阿 Jill 去做人質反過嚟要脅 Leon……

「妹……我堅持要妳走，就係驚會出現咁嘅情況。」終於佢開聲講。

「哥，你唔需要理我……」阿 Jill 毫不畏懼，完全無視頸邊閃閃反光嘅刀口，「開槍殺死佢，幫爸媽同埋六哥報仇……吖！」

Beely 將刀尖輕輕拮入阿 Jill 條頸，鮮紅色嘅血即刻流出嚟……

「呢位兄弟，我只可以建議你……來日方長，報仇有好多機會，但阿妹就得一個，變到喪屍咁可能永遠都冇得返轉頭，無謂浪費佢嘅大好年華。」Beely 邊講邊帶阿 Jill 向較遠嗰道防煙門移動，「我睇得出你重感情，要諗清諗楚呀。」

「你咁樣走咗去……你覺得我會放過你哋其他同事？」Leon 冷冰冰咁問。

而同一時間，企喺柱後嘅 Me 姐開始偷偷確認 Leon 嘅位置。問題係海兒就喺佢正前方，就算喺射程範圍內都好難貿貿然開槍……

「冇嘢比起我安全離開呢度重要。」Beely 回應：「何況，唔怕老實講，我反而仲幾期待你開槍射佢，睇下會發生咩事。」

「吓？」海兒聽完一臉錯愕，Me 姐都係同樣驚訝。

「唔好用咁嘅眼神望我……」Beely 換個不屑嘅語氣，「楚楚可憐嘅外表係掩飾唔到妳內在嘅醜陋……『怪物』。」

「怪……物？」海兒茫然咁重複呢兩個字。

「喂！」Me 姐忍唔住喝停佢，「夠啦！你係走就快，唔好喺度亂講嘢！」

Beely 正好同阿 Jill 去到防煙門前，但就喺佢伸手想開門嗰一刻，阿 Jill 突然一嘢後肘用力打落 Beely 前胸。原來佢唔知幾時解開咗 Me 姐嘅手扣，但睇怕都係呢幾秒嘅事，所以之前先會俾 Beely 有機可乘挾持到……

而呢下批肘成功令到刀尖短暫離開條頸，阿 Jill 把握機會彎低身……

「哥！」

不得不說兩兄妹自有默契，Leon 立即將槍頭轉向 Beely，緊接住一聲「砰」——唔知係咪「鋼筆」又發揮咗神奇威力，所以子彈只係擊中佢右邊膊頭，虎爪刀隨即應聲跌落地。本來 Leon 想立即再補多槍，但海兒就喺呢個時候彈起身捉住佢手腕……

接住落嚟嘅發展非常混亂——我見到 Beely 同阿 Jill 同時想爭奪地下把爪刀。而同一時間海兒亦都同 Leon 互相角力，我想衝去幫手，但突然有流彈打中我前方嘅位置，即刻將我嚇窒咗……

最終，距離較近嘅 Beely 成功搶返把刀，繼而一下轉身直插落阿 Jill 嘅右邊腹部。彷彿嫌咁樣都未夠，仲要抽出嚟再連續插多三刀，直到阿 Jill 成個人無力倒地先收手……

「哈……哈哈……」Beely 歇斯底里咁笑咗兩聲，隨即轉身推門跑入後樓梯。

見佢成功逃脫，即係頭先 Leon 話另一道門有同伴只係大我哋……

「阿妹！」Leon 終於意識到嗰邊嘅情況，一下蠻力爆發成功甩開海兒，但佢並冇補槍，而係直接跑到阿 Jill 前面……

「哥……只係差少少……你快啲去追佢……」阿 Jill 講完慢慢合埋雙眼，疑似失去意識……

「妹，妳千祈唔好瞓！要撐住呀！」

Leon 痛喊道，本身已經將目光放到走廊方向，但突然又擰返轉頭……重新望向已經企返起身嘅海兒。

如果唔係海兒嘗試反抗，頭先佢已經可以開槍處決仇人。

憤怒，驅使咗佢作出一個決定——佢再次高舉起槍……

既然，今次行動嘅目的係為咗復仇……咁佢當然唔介意再多個復仇對象。

「阿佑……」海兒睇嚟仲未意識到情況，注意到我之後想行過嚟……

「海兒，小心……」我嘗試提醒。

砰！

今次呢槍，正中海兒嘅心臟位置。

⊠　⊠　⊠

鏡頭一轉，好唔容易走甩嘅 Beely 繼續忍痛直奔落樓梯。

佢當然知道自己手傷腳傷嘅情況下好難走得快，所以頭先先會毫不留情咁去傷害阿 Jill，希望咁樣可以拖延一下時間。

而從樓上仲未傳出腳步聲呢點去睇，呢招果然湊效……

「嘎……嘎……我果然係寶刀未老……」Beely 邊笑邊講。

不過，佢都好清楚一點，假如「事件」結束嘅時候佢仲身處喺呢座大廈，咁只要一眨眼功夫就會轉移返去最初進入異空間時嘅位置——即係十四樓辦公室，到時班槍手又會出現喺佢面前，變相前功盡廢……

唯一嘅解決方法，就係要喺「事件」結束前嘅最後十秒離開大廈，咁就可以避過呢個固有「機制」。

聽落好似簡單，但實行起嚟其實相當困難。萬一計錯時間，咁只要踏出大廈外面一刻就會直接宣告死亡。所以「戰略部」嘅人基本上係唔會咁做，亦都冇誘因去做。

係難，但 Beely 向來對自己充滿信心……

終於，佢嚟到二樓某道通去另一座大廈嘅大門前。由於夠晒隱蔽，加上當年嘅建築平面圖又冇留低記錄，所以知道嘅人唔多……除非班槍手真係有特殊本領，唔係以正常途徑係冇可能查到。

接住落嚟就係倒數了……就喺佢拎起手錶想計時嘅一刻，佢突然聽到背後傳嚟垃圾鏟拖地嘅聲音……

「唔係啩？」佢戰戰兢兢咁望返轉頭，只見一位掃地阿姨緩緩逼近。

呢刻佢終於恍然大悟，繼而無奈咁搖搖頭，講出最後一句話：

「原來……我對你嚟講已經再冇任何價值？」

最後，佢彷彿認命一樣，由得對方一擊奪走佢嘅性命。

九 最大懲罰

先係阿 Jill 中刀，跟住輪到海兒中槍，一幕幕震撼畫面不禁令我撫心自問——假如當初我唔係猶豫選擇等其他人行動，而係主動出擊……件事係咪會有彎轉？

但錯過就係錯過咗……

接住落嚟發生嘅事，就係對袖手旁觀嘅我最大嘅懲罰。

「海兒！」Me 姐嘅大嗌令我回過神嚟。

海兒中槍多少令佢失去冷靜，冇計算太多就直接向 Leon 同阿 Jill 嗰邊開槍。

連番嘅掃射先係打落 Leon 左手邊嘅牆壁，繼而擊中佢嘅手臂。佢及時轉身飛撲入後樓梯避過致命一擊，但過程被迫捨棄手上枝步槍。

透過地板嘅倒影，可以見到佢停留咗兩三秒左右就離開……莫非係手上已經冇武器還擊，倒不如去追負傷跑唔遠嘅 Beely ？

「可惡！」見局勢暫時變得安全，Me 姐第一時間直奔到海兒身邊跪低幫佢檢查傷勢。

到我行到過去，只見 Me 姐面容僵硬、雙眼睜得好大，放喺海兒胸前嘅左手沾滿血跡，而檢查呼吸嘅右手顫抖得好犀利……而海兒就一動不動，好似瞓著咗咁。

「Me 姐……」

我正想開口問情況（儘管心入面已經知道答案），但佢突然彈返

起身，眼神裡面充滿怒火。

「York……你留喺度睇實佢。」說罷，佢就一個快步直衝向後樓梯。

等到腳步聲走遠後，我忽然覺得成個倉靜得好誇張，加上頭先有人開過槍，雙耳仲係不停嗡嗡咁響，響到開始頭痛起嚟……

我就係咁企喺海兒面前足足一分鐘冇郁過，唔敢靠過去望清楚，地下越流越近嘅鮮血，強行勾起上次小詩喺我面前割喉自殺嘅嗰一段「回憶」……

「咳……咳咳！」

直到背後傳嚟阿 Jill 嘅咳聲將我拉返嚟現實，我忍住暈眩感趕到佢面前。

「Jill……」雖然身中幾刀，但佢失血程度並冇海兒咁嚴重，我迅速除低件外套幫佢撳實傷口，「妳要撐住……」

至少我要救到一個……換轉係海兒，佢肯定唔會輕易放棄其他人！

「喂！？救命呀！」我忍唔住大喊，希望身處喺「避難室」入面 B Team 嗰班人會聽到，「你哋聽到就搵人出嚟幫手救人呀！喂！」

但理所當然般，對方係懶得回應。

「佢話晒都係你哋同事呀？你哋真係可以咁冷血？」我越講越扯

火，恨不得將來見到撞見佢哋嘅時候狠狠打佢哋一鑊……

「York……」阿 Jill 好勉強咁張開眼，虛弱咁講：「估唔到……你竟然仲會嚟救我……明明……我利用咗你咁多……」

「妳唔好講嘢。撐住……今次『事件』應該好快就完，妳只要捱到就會冇事……」

但事實仲有幾耐？一分鐘？五分鐘定係十分鐘？老實講我真係唔清楚……對於「異世界」嘅事，我從來都冇真係上心過……

「哥……」阿 Jill 合埋雙眼微微一笑，「頭先都有叫我撐住……」

佢一提起 Leon，我就開始擔心 Me 姐嘅情況。畢竟我之前都係靠估，條友可能仲係有槍喺身……

「York……你係咪仲喺度？」

「我都叫咗妳唔好……」

「我而家先知道……原來人臨死之際……真係會諗返好多事……」

「亂講！妳係唔會死，呢度唔會再有人死……」

「包括後悔嘅……嗰套戲……原來我內心真係好想睇……」

「咁咪等妳冇事之後我哋一齊去睇囉！」

「同你去睇？傻喇……點可能……」阿 Jill 搖搖頭，「我只係想自己一個靜靜地走去睇……享受嗰段……唔使考慮復仇嘅時光。」

「咁妳頂住呀，都要人有事先可以做到世界冠軍……喂！」見佢眼神渙散，好似開始失去意識，我開始焦急起嚟，「阿 Jill ！」

我唔敢亂搖佢，但又驚唔搖佢真係會走咗去……

「喂！醒呀！」

到底「事件」仲有幾耐先完？對我嘅懲罰要到幾時先終結？

「呢個……就係你所選擇嘅……真實而殘酷嘅世界。」

彷彿回應我一樣，背後突然傳嚟一把熟悉嘅幽幽女聲。

我即刻轉身望過去，但見唔到任何人，最意外嘅係連海兒都不知所蹤，只係剩低地下嘅一大灘血……

「而你心入面好清楚……殘酷係基於你嘅選擇。」下一秒，女聲又再次轉到我身後傳出，距離近到令我背脊發寒。

我今次慢慢將目光移過去，只見海兒同我一樣跪咗喺阿 Jill 面前……

「妳……」見佢心臟嘅位置止咗血，我終於恍然大悟，「果然唔係真正嘅海兒！」

「嗯……」『假海兒』回應：「我都冇諗過只係一日就俾人識穿。」

「咪住先……咁真嘅海兒呢？妳捉咗佢去邊度？定係妳已經……」一諗到最壞嘅情況，我就唔敢講落去。

「佢喺迷宮嘅深處，孤苦伶仃，等緊一個唔知幾時先會降臨嘅奇蹟，脆弱嘅生命正喺度慢慢流逝。」

「妳！」我激動起嚟，「到底點解要咁做……」

「過去我一直喺度考慮其他人，從來冇諗過自己嘅事。難得而家有機會……我想為自己活一次，就算明知只係虛假嘅幸福……」

我未等「假海兒」講完就舉起手槍對準佢個頭。

「……遺憾係未正式開始就宣告結束。」

「所有嘢都係妳搞出嚟。」難得隻怪物自動送上門，呢刻我可以話係無比清醒，「只要喺度殺死妳，就可以解決呢件事……」

開槍喇……只要開槍就可以救晒海兒同阿 Jill……

「錯喇，」『假海兒』搖搖頭，「佑，既然我想好好感受呢個身份，點會一日就滿足？」

「我點知妳……成件事本來就冇乜邏輯可言！」

「重點係，真兇另有其人，你就算喺度殺死我都唔改變唔到啲咩……」

「假海兒」講到呢度慢慢伸手去阿 Jill 受傷嘅位置……

「妳想點呀！？」我即刻喝止佢。

開槍呀！方璟佑……你點解仲要猶豫？

「我可以幫佢捱過最後呢段時間，等佢唔會變到好似你哋所講咁——**行屍走肉**。」

「妳會有咁好心？妳已經傷害咗海兒！」

「你就當我想補償，而且……」『假海兒』將目光放到窗口嗰邊，「我都想可以安全離開呢度。」

「冇可能……」

「咁你即管開槍，用近乎渺茫嘅可能性去賭兩條人命。」『假海兒』講，唔知係咪錯覺，比起當初喺走廊見到嗰隻『多眼女』，呢刻嘅佢確實係人性化咗好多。

就彷彿……

「妳……」我愕然咁問：「唔通就係小詩？」

見我慢慢垂低槍，「假海兒」亦都繼續剛才嘅行動，雙手放喺阿Jill 刀傷嘅位置，掌心冒出冷冰嘅白色霧氣……幾秒後，本來已經失去知覺嘅阿 Jill 忽然用力抽咗一大啖氣，表情充滿痛苦，但睇落係暫時脫離咗危險期。

「治療」結束之後，「假海兒」隨即企起身，感覺好似想離開呢度。

「喂！咁海兒呢？」我大喊，「妳到底收埋咗佢喺邊度！？」

「我係唔會講……你殺死我嘅話亦都永遠唔會知道答案……」

佢一路講一路向住窗邊行。如同第一次見到佢嗰陣咁，霧氣開始慢慢籠罩成個倉庫……

「我真係會開槍……」

「你唔會！」『假海兒』深信不移咁講：「阿佑，你有天賦，亦有好多想法……但你總係選擇旁觀，然後錯過應該出手嘅時機，最後先嚟後悔……」

唔知係受到霧氣影響，抑或佢講嘅嘢實在太中……我全身又一次變得僵硬起嚟，連舉槍都變得好艱難。

「但現實係殘忍，小心你嘅僥倖會有盡頭……」『假海兒』行到窗邊嘅時候，本來封住窗嘅木板突然轉化成透明嘅冰塊，最後裂開爆出一條通道，「唔想眼白白睇住同伴一個又一個咁犧牲嘅話，你就要盡快認清呢點。」

「妳咪走呀……」

「而第一個……**就係一直等緊你嘅海兒**。」

等到佢身影完全消失之後，現場嘅紅光旋即熄滅，眼前變得漆黑一片。

「事件」結束了。

但留低嘅只係更多嘅疑問，以及迫切需要完成嘅事。

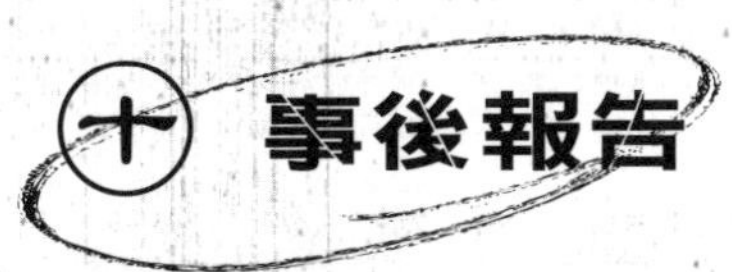

十 事後報告

燈光重新亮起嘅一刻，我注意到自己又返番去十四樓辦公室。

因為對上幾分鐘實在發生咗太多事，所以我完全忘記咗異空間有個特定機制——「事件」結束後係會返去開始嗰陣嘅位置。

等陣，咁咪即係表示……

「Me 姐妳後邊！」旁邊突然傳嚟士巴拿嘅大叫。

說時遲那時快，我一轉身已經見到 Me 姐用手上嘅步槍一嘢扑落某位面具男嘅頭——兩位槍手老五同阿七果然在場，只係佢哋一來唔熟機制、二來之前已經俾 Me 姐用索帶綁手，所以好輕易就俾佢哋制伏……

咪住，咁 Leon 同埋佢其他同伴呢？我即刻望過去宣傳部嗰邊，結果完全出乎我意料……

本身「掃地婆」現身前，應該係有四個人喺嗰邊，但呢刻只係剩低 Beely 同阿二兩個，Leon 同埋阿三不知所蹤……

而佢哋兩個人，都係一臉茫然咁望住我哋呢邊。

「阿 Me，妳做咩亂咁打人？」Beely 用平淡嘅語氣問，佢嘅眼神彷彿失去咗靈魂，「同埋妳枝槍……係模型嚟？」

「士巴拿，你睇實佢哋兩個先！」Me 姐無視佢。

士巴拿見到 Beely 嘅反應都有啲意外，但佢好快就將著眼點放返喺老五同阿七身上。

「阿 York，」Me 姐接住一手捉實我膊頭，緊張咁問：「你頭先喺倉應該睇得好清楚，海兒係咪真係『怪物』假扮？」

「係……」雖然係提問，但聽落 Me 姐係好似已經知道答案咁……

點解嘅？佢唔係離開咗倉庫咩？

「咁真嘅海兒係邊？」

「喺迷宮嘅深處……Me 姐，我哋係咪冇辦法即刻去救佢？」

Me 姐聽完臉色一沉，然後搖搖頭。

「你哋究竟講緊咩……」士巴拿一臉訝異咁問：「咩真嘅海兒？」

「係噚晚隻『怪物』，原來佢冇死到，仲假冒海兒嘅身份……」

我將頭先發生嘅事迅速交代一次，越講就越怨恨自己。明明我好早就察覺到唔妥，點解冇嘗試過去深究……

「我唔明……咁點解佢唔一早殺晒我哋，明明咁鬼多機會……」士巴拿問。

「我哋都想知，」Me 姐代我回答，「但而家唔係浪費時間諗點解嘅時候……York，咁阿 Jill 係咩情況？」

「佢冇事……應該冇事……」我望一望周圍，佢並唔喺現場，「妳最後追唔追到 Leon ？」

「追唔到，佢睇嚟係搵到方法安全離開大廈，唔使返嚟呢度。」Me 姐答完望向 Beely 嗰邊，「但追到尾，俾我見到 Beely 條屍……」

我同士巴拿聽完都好驚訝，不約而同咁望過去。呢刻，Beely 依然神情恍惚咁望住我哋。至於阿二，就隨便搵咗張凳坐低咗。

「佢當時嘅傷勢……應該係俾『怪物』殺死。」Me 姐講落去：「我諗佢都冇預到撐咗咁耐，竟然會衰喺最後一刻。」

如果海兒唔係小詩假冒嘅話，我一定會覺得佢係死有餘辜。

「佢而家佢變到行屍走肉咁，想解開謎團肯定更加困難……」我講。

「點都好，我哋而家要先處理好眼前嘅事……然後再諗點去救海兒。」

講到呢度，架叔同阿和正好喺走廊嗰邊趕到過嚟。

「Hello，在場真係冇人理我呢個細老闆？」Beely 終於忍唔住問。

「你係細老闆？咁你應該答到我……點解我會喺呢度？我係咪嚟見工㗎？」佢旁邊嘅阿二好有禮貌咁問。

呢刻佢已經除低面罩露出真面目，係一個攣毛頭滿臉鬚根嘅男人。

「哎呀……」老練嘅架叔一眼就睇出狀況，「睇嚟今鋪真係搞到好大鑊。」

「架叔，你帶佢哋兩個去會議室，求其作個理由安撫住佢哋先。」Me 姐開始分配工作，「阿和，你搬地下呢兩位槍手去『戰略部』，搵個位鎖實佢哋，要小心索帶唔夠穩陣。」

「收到。」阿和回應。

「士巴拿，你同我一齊搜索大廈，希望可以早過『B Team』班人搵到阿 Jill，我哋邊行邊交換返訊息……」

「咁我呢？」我問。

「York，既然隻『怪物』冇傷害到你，咁你對佢肯定係有特別意義。我要你試下去海兒可能會出現嘅地點，睇下查唔查到啲咩……

做唔做到？」

「絕對冇問題。」我堅定咁講，腦海裡面已經開始諗緊海兒曾經提過鍾意嘅地方。

「首先係佢屋企，呢條係備用鎖匙。」Me 姐拎出一條鎖匙交畀我，「我一陣會俾埋地址你，明就行喇。」

「嗯。」我點頭，先將手槍留低，然後第一時間就離開公司。

呢刻我嘅決心係無比咁巨大。事實都冇時間俾我浪費，我哋越遲行動，海兒生存嘅機會就越渺茫……

離開大廈嘅時候，我正好見到有班警察喺樓下，但佢哋望落唔算太緊張，亦都冇著到特別套裝應對槍手……係咪即係代表公司嘅幕後勢力已經開始處理緊呢件事？

呢刻，我忍唔住回望返公司大樓。之前我一直都冇認真咁思考過，到底呢座外表平平無其嘅大廈，一間出名而又神秘嘅公司，到底仲隱藏住咩秘密？

好快我就收到 Me 姐嘅訊息。

我望住海兒屋企嘅地址，忽然有種預感……呢個將會係我解開答案嘅第一步。

⊠ ⊠ ⊠

【Me 姐視角】

當晚，葵涌某一座工廠大廈內。

「估唔到妳真係敢一個人嚟。」當我打開 3A 室大門嘅時候，一把男聲馬上從幽暗嘅角落傳嚟。

「我係有猶豫過，但最後都係選擇相信自己嘅判斷。」我搵到房間嘅電制然後打開燈，等我可以睇清楚男人嘅真面目，「我係咪應該稱呼你做 Leon ？」

「隨便……」呢刻，Leon 坐咗喺一張病床旁邊，而病床上面瞓咗個昏迷緊嘅男人，上身包住繃帶，傷勢睇落並唔輕。

「佢就係我喺後樓梯射中嘅人？」我問。

「嗯，佢係我三弟。」Leon 回應：「頭先喺異空間佢真係堅持咗好耐……結果失血太多，啱啱先脫離危險期。」

「我係唔會道歉。」

「冇呢個必要，我而家剩係想知道阿 Jill 同其他人嘅狀況。」

「佢哋都冇事，至少暫時係咁。」我接住一個個講：「我喺後樓梯搵返阿 Jill，佢當時照顧緊另一個人……」

「六弟，佢應該同阿二一樣冇咗記憶？」

「嗯，至於你嘅老五同阿七就畀我哋制伏咗，而家五個人都喺『戰略部』裡面畀人看守住。」

「作為人質……」Leon 將手上枝煙頭整熄，然後企起身，「就好似我哋頭先傾好咁。」

⊠

幾個鐘頭前，當我目睹海兒中槍之後，我忍唔住不顧一切咁追上去，希望可以手刃 Leon 為佢報仇。

憑住地下些微血跡同腳步聲，我追到去二樓嘅一間房間……呢間房係絕少人知道嘅「緊急脫離點」。而當時除咗 Leon，我仲見到頭部被硬物刺穿，明顯已經死咗嘅 Beely……

「妳嚟遲咗一步喇。」Leon 舉高雙手，「當然我都係一樣……」

曾經有一瞬間，我嘅怒意已經去到頂點，槍亦已經瞄準，只要開槍就可以解決呢一切，但僅餘嘅理智令我分析到一點——

「佢唔係你殺嘅。」

「嗯，真係好可惜……哈……哈哈……」Leon 忍唔住笑起上嚟，「Beely 呀 Beely，等你以為自己機關算盡，最後居然死喺呢度……」

「你唔使笑，因為你嘅下場都係一樣。」

「咁妳開槍啦！」Leon 加大語氣，揮一揮雙手強調自己手無寸鐵，「妳都見我而家兩手空空……如果妳唔殺我，等我哋轉移返去樓上嘅時候，我敢保證我出手一定比妳更快。」

Leon 之所以咁講，係因為「事件」發生嘅一刻佢係最接近 Beely。只要佢身上仲有一把刀又或者任何利器（可能根本就唔需要），到時一定好大機會可以殺死已經變到行屍走肉嘅 Beely……徹底完成佢嘅復仇。

諗到呢度，我腦海再一次閃過海兒中槍時嘅畫面。

「開槍啦，打死我……」Leon 毫不畏懼咁講：「然後妳就會明白我嘅心情！」

我不禁自問，如果係海兒嘅話……佢會點選擇？

報仇？

唔會……

就算情況幾複雜，個結幾難解開，佢都會希望我哋先嘗試互相了解。

「妳仲諗咩？」可能見我猶豫起嚟，Leon 都有啲錯愕。

而正好喺呢一刻，佢右手手錶突然發出聲音：「呢位大姐妳唔好開槍住！」

係一把完全陌生嘅男聲，佢果然仲有其他同伴⋯⋯

「聽我講，倉庫嗰邊嘅發展完全唔同晒⋯⋯細妹佢未死！」男聲激動咁講。

「咩話⋯⋯？」我當然震驚。

「仲有大哥你開槍殺嗰個女人，原來真係『怪物』假扮！」

「老四，你唔需要為咗救我而亂講⋯⋯」

「救你梗係重要！千辛萬苦先搵到阿爸封信，你一定要順利返出嚟⋯⋯我搞掂喇，你哋聽下！呢段係細妹隨身監聽器嘅錄音嚟，而且係啱啱發生嘅事！」

為咗說服我哋，錶嗰邊突然發出阿York把聲，激動咁講：*「妳⋯⋯果然唔係真正嘅海兒！」*

接住輪到海兒把聲回應：*「嗯⋯⋯我都冇諗過只係一日就俾人識穿。」*

「咪住先⋯⋯咁真嘅海兒呢？妳捉咗佢去邊度？定係妳已經⋯⋯」

「佢喺迷宮嘅深處，孤苦伶仃，等緊一個唔知幾時先會降臨嘅奇蹟，脆弱嘅生命正喺度慢慢流逝。」

我一路聽一路嘗試分析——呢段錄音嘅語氣真係好似阿York。咁短時間要偽造聲線難度係高，但並唔係冇可能⋯⋯只係，萬一係真，咁我下一步應該要點做？

開槍，等佢都變到行屍走肉，從而保護 Beely，再喺阿 Jill 佢哋身上搵出真相……抑或……

「我會放你走。」最終我得出呢個結論，「前題係你要交低之後嘅去向……」

之所以咁落注，除咗因為「B Team」嘅獨斷獨行開始令我產生不安。另一個更重要嘅理由，係連續兩日出現嘅「事件」標誌住異空間嘅穩定規律已經被打破。點解偏偏係槍手上門呢日發生？我唔信係枝「鋼筆」救 Beely 一命咁簡單，底裡一定仲有個深層原因……

「記住你仲有同伴喺我哋呢度，而佢哋係會成為我呢邊嘅人質。」

為咗更長遠嘅考慮，我唔可以將所有嘢放喺同一個籃裡面，要盡量保留對自己有用嘅手牌。

即使之前係敵人，只要可以利用就要利用。

「哈，人質……既然妳咁決定，我當然樂意接受。」Leon 慢慢行到門前，「老四，仲有幾耐玩完？」

「倒數廿秒！」舖入面嘅男聲回應：「你要喺最後十秒先好開門……」

「你哋果然知道好多嘢。」我講。

「妳都同我想像唔同。唔係傀儡……而係一個有目標嘅人。」Leon 回應：「咁講或者幫唔到啲咩，但希望妳可以對我嘅同伴手下留情。」

「我會盡力。」

「十秒喇！」

「等我訊息……記住一個人嚟。」Leon 打開通去另一座大廈嘅門，「Me 姐……我哋一陣見。」

⊠

時間返到現在。

「我有樣嘢始終諗唔通，明明 Mr.White 先係『Dark Flow』嘅大老闆，但你哋好似由一開始就只係針對 Beely……」

「因為佢先係殺死馬凱博士嘅元凶。」Leon 講：「你哋嘅 Mr.White 講到底只係負責投資，Beely 先係成件事嘅發起人同推手……」

「實情到底係點？仲有你哋頭先提到嘅『信』，又係咩嚟？」

「十二年前嘅某一日，當時佢無意中發現到大廈原址深處隱藏住某股力量……為咗掌控呢股力量，佢開始搵投資人同技術人員，然後展開一場泯滅人性嘅實驗……」

「一場極大規模嘅『控制』實驗。」

⊠ ⊠ ⊠

【旁白】

地點一轉，去到一間五星級酒店嘅頂層。

一位身材高䠷、著住黑色西裝嘅女秘書開門進入一間接近三千呎嘅總統套房，對住企喺窗台前嘅男人講：

「老闆，『Dark Flow』嗰邊嘅事已經暫時處理好。」女秘書字正腔圓咁進行報告，「我已經派咗催眠師將所有非相關『員工』洗腦，亦同警務署嗰邊協調過，呢件事會以『煤氣洩漏』作結。至於其中五位犯案者，暫時係由『戰略部』嗰邊負責看管住。」

「朱小姐，妳辦事果然永遠唔會令我失望。」Mr.White 擰轉身，「不過，妳好似仲有嘢想講？」

「有兩個不穩定因素。」朱小姐解釋：「我哋比對過槍手闖入大廈時嘅人數，至少肯定仲有兩個槍手走甩咗。」

「追蹤唔到？」

「冇錯，睇嚟嗰邊一樣有高手喺度。」

「嗯，可以密謀咁耐都冇俾人發現，肯定係有啲本事嘅。若果有機會，我都想同佢哋坐低見下面。」

「然後，Beely 喺『事件』裡面俾某隻『怪物』殺死咗，而家正處於『行屍走肉』嘅狀態。」

「哦……」Mr.White 有啲意外，「呢個發展聽落又幾有趣。」

「老闆，容許我直言幾句？」

「妳唔使講，等我估下。」Mr.White 微笑道：「妳希望我唔好再齋睇，必要時要介入揸正嚟做，唔係嘅話情況只會越嚟越失控，就好似之前『惡夢島事件』咁。」

「老闆明白就好。」

「我明白，只係妳唔明白⋯⋯睇嚟，始終都係妳家姐比較了解我。」Mr.White 拎起檯面一杯紅酒，飲咗啖再講：「朱小姐，我仲記得好多年前，一位後生仔上門同我交代成個計劃嘅時候，佢嘅眼神裡面係充滿住鬥志同渴望。所以我先會毫不猶豫咁出錢出力支持佢⋯⋯因為我知道呢個後生仔，同我一樣**相信奇蹟**。」

「但佢所做嘅嘢同當初比已經偏離得太遠，而家仲要死埋，老闆你真係唔怕，有朝一日佢嘅『成果』會反噬我哋？」

「比起怕，我更加係期待。」Mr.White 望住如鮮血一樣嘅紅酒，笑住講：「真係要嚟嘅話，我會開定香檳歡迎佢。」

⊠

【York 視角】

打開海兒屋企大門，我最先見到大廳放咗好多幅畫。

有風景、亦有人像，我見到佢畫過 Me 姐，畫過熱問同架叔傾計嘅畫面⋯⋯而正中間畫架上面，擺咗一幅仲未完成嘅畫，畫中人正正就係我⋯⋯

「佢會唔會美化得太誇張。」我哭笑不得咁講，然後拎起畫架上嘅相，完全唔知佢係幾時偷影，「可惡⋯⋯」

我不禁握緊拳頭，心中許下誓言，一定要令佢平安返到嚟。

「海兒，我一定會救到妳……等妳好好完成埋呢幅畫。」

逗留咗十分鐘，連雪櫃都搵埋確認冇牌海兒真係唔喺度之後。我正想離開同 Me 姐匯報……

「咦？」

但就喺我打開 Whatsapp，望見海兒頭像嘅時候，我突然醒起一件非常重要嘅事。

雖然「Dark Flow」表面同一般大公司唔同，
但本質依然係差唔多。

有人負責投資，默默咁觀察一切，等待成果。

有人滿腔熱血，不停付出，只為咗達至最終目標。

有人一直謹守崗位，甘於做一粒螺絲。

有人只顧自己，比起其他人同事都更重要。

亦有人，喺一個咁複雜嘅環境之中，不停跌跌撞撞，
終於搵出其意義。

1 NOV 71
DOD PRESCRIPT
FOR (Full name, address, & phone number) (If under 12,
John R Doe, HM3, USN
U.S.S. Neverforgotten (DD
MEDICAL FACILITY
U.S.S. Neverforgotten
(Superscription)
(Inscription)
Tr Belladonna
Amphogel
gm or ml
15 ml
120 ml
(Subscription)
M & ft Solution
(Signa)
Invoice 1
Invoice 2
Invoice 3
Invoice 4
Action Hero
ACTION HERO
30240 Pcs TOTAL
Invoice texts compare
with RSK samples
HALL

十 私人秘書

幾日後，我用傾人生大事為理由，約咗班大學同學出嚟酒吧見面。

等齊人嗌完杯酒，當我諗住直入正題嘅時候，同學A突然醒起一樣嘢，搶先開口問：

「係喎，頭先我上網見到……早幾日中環煤氣洩漏嗰度係咪就係你『Dark Flow』嗰座大廈？」

「呃……冇錯。」本身冇打算提起，但既然佢發現咗，都只可以承認。

「你就正啦，返少半日工。」

差啲俾人亂槍射死、又或者俾「怪物」殺死……事實明顯稱唔上係「正」。

「嗯……」好彩同學A確認完冇再追問落去，「所以係咩人生大事？係咪終於出Pool？係嘅話今晚你請喎。」

「係咪公司同事？記得你話過有幾個都幾靚女……」同學B接著講。

「唔係嘛，你唔記得當年李Sir叮囑過咩？千祈唔好搞公司同事呀……」

「冇啦……我約你哋出嚟，似係會講啲咁膚淺嘅事咩？」

三位大學同學同步點咗下頭，唔知以為佢哋頭先夾過嚟。

「唔係出 Pool 咁可以係咩大事？」同學 A 皺起眉，「你條死仔，上個禮拜見面嗰陣又唔講，今晚我專登呃老婆加班先竄到嚟，你最好……」

「放心，總之今晚你飲幾多都係我請。」

「就係等你呢句。」呢個時候酒啱啱好送到，同學 A 拎上手即刻飲咗大半，「咁你講啦。」

「哦……係咪中六合彩？」同學 B 嘗試估答案。

「唔係。」我嘅語氣變到嚴肅起嚟，「呢件大事，係關乎到我之後嘅人生……」

「**……我想大家幫我搵一隻狗。**」

⊠

冇錯，海兒養咗一隻叫做「月月」嘅哈士奇……雖然同佢只係識咗好短時間，但已經成日聽到佢提起月月嘅得意事。

記得人質事件當晚，我搵完海兒屋企之後，隨即帶住呢個重要訊息去到 Me 姐提供嘅集合點……一間位於尖沙咀嘅酒店。

上到 1415 室。當時「戰略部」A team 嘅人全部都在場——包括 Me 姐、架叔、士巴拿、阿和、Andy 同 Sally……甚至連之前受傷嘅熱問都有出席，佢似乎恢復得好快，唔使靠拐杖都企到起身。

「Hi 兄弟！」佢熱情咁同我打咗聲招呼，「我已經完美復活。」

因禍得福錯過咗頭先嗰單嘢，所以佢自然係現場最精神嘅人。

我簡單揮手回應，見 Me 姐就企咗喺落地大玻璃前面沉思緊。我決定細聲問旁邊嘅架叔。

「而家公司係咩情況？」

「佑仔，你坐低先……」架叔神情好凝重，「Me 姐會交代。」

「我可唔可以食塊？」我見檯面有外賣 Pizza 剩低，先醒起自己成晚乜都冇食過。

「得，當然冇問題。」

「齊人我就直接開始。」我一拎起塊 Pizza，Me 姐就擰轉身開始講：「頭先我同 Mr.White 嘅秘書通訊過。呢件事公司應該會用煤氣洩漏掩飾過去。作為普通職員嘅『稻草人』會有相關人士負責洗腦……」

洗腦？我頭一秒覺得幾誇張。但諗真啲，同我哋之前經歷嘅事相比，其實只係小兒科……

「咁我哋呢？」士巴拿不安問。

「我哋唔會有事。為咗守住座大廈，公司仲需要我哋嘅力量。」Me 姐回答：「佢哋會有專人同你哋聯絡，應該都係呢兩三晚嘅事，記得唔好 Miss Call……」

「唉，」架叔嘆咗口氣，「等我平時仲熄慣聲，又要聽幾日詐騙電話啦。」

「阿 York。」Me 姐終於望過嚟，「你同大家講返喺海兒屋企有咩發現。」

「隻『怪物』唔喺度。」我邊食邊交代，「但我發現海兒隻狗唔見咗。」

「吓？月月唔見咗！？」Sally 聽完嚇到捂住嘴，「隻『怪物』會唔會喺異空間餓得太耐，煮咗佢嚟食？」

「我唔見有煮嘢食嘅痕跡……」

「Oh no……」Andy 接著回應：「佢之前搞到我哋幾乎互相殘殺，咁鬼 Evil……唔通係生吞？」

「未必，我有種感覺……」我回想起佢離開異空間前嘅表現，『怪物』嘅外表下仍然存在住幾分人性，「佢應該只係帶走咗月月。」

「咁會帶去邊？」士巴拿問。

「既然佢偷咗海兒嘅身份，咁自然有錢周圍走……」熱問講。

「會唔會已經離開咗香港？」阿和接住推斷。

「如果係咁就麻煩。」Me 姐再接著講：「聽住，公司 Office 而家一片混亂。」

「嘿，正常啦，剩係子彈殼都有排佢哋執。」架叔無奈一笑。

「所以之後一兩個禮拜都係停業狀態，但『事件』唔會因為咁就停止。架叔、熱問、Andy……我需要你哋長時間陪我喺『戰略部』。一定要睇實班槍手，唔可以俾 B team 班人接觸到佢哋。」

「哎呀……終於都到咗內戰嘅時候。」熱問挺一挺胸膛，「我都估呢日遲早會嚟。」

「Sally，妳繼續追蹤公司嘅最新訊息，要 keep 住 update 我。」

Sally 聽完點咗下頭。

「阿 York 同士巴拿，我要你哋負責去搵冒牌海兒。我相信以你哋同佢嘅淵源，應該會落力啲。」

Me 姐拎出佢之前提過嘅黑卡同幾張請假紙。

「拎住，以防你哋趕唔切返嚟參加『事件』。記得見到隻『怪物』唔好硬碰硬，我哋唔知佢嚟到現實仲有咩能力，要打都最好等齊人先。」

本來仲預期士巴拿會怒啤我然後直接搶走張黑卡，但我小人之心咗……佢唔單止冇咁做，拎嘅仲要係請假紙。

「各位，而家非常時期，凡事小心。」

呢次短聚就係咁告一段落。之後我哋分批離開酒店房，輪到我同士巴拿行出去嘅時候，我哋一直尷尬沉默到升降機前面。終於，由士巴拿打破沉默。

「我哋分頭搵啦，咁樣會少啲磨擦。」

「我同意。」

「仲有粒，都係分開搭好啲。」佢再提出。

「嗯。」

「我會盡全力搵海兒返嚟，唔好俾我知你偷懶，唔係你死硬。」

「我唔會。」因為心裡面已經做好決定。

士巴拿「哼」完一聲之後就行入粒。我等到粒門閂好確定郁咗先撳下一部。等咗一陣，褲袋裡面部手機突然響起上嚟。

我一開始以為係 Me 姐或者架叔，結果螢幕顯示嘅係匿名來電。

換轉係之前，我一定當係詐騙電話選擇無視。但經歷完咁多嘢，再加上 Me 姐啱啱先特別提醒過千祈唔好 Miss Call……

所以我揀咗接聽，將手機擺喺耳邊。

「你一陣搭上十九樓。」一把沙啞男聲傳出，「1901 室，朱小姐想見你。」

我當然聽過朱小姐呢個名——佢係大老闆 Mr.White 嘅私人秘書，論職位大概只係低細老闆 Beely 一級。既然佢想見我，我當然冇得 Say no。

所以聽完電話之後，我即刻搭粒去到十九樓，一路行去 1901 室一路諗。

跟住應該點做？等下個電話？抑或直接拍門？猶豫咗陣，房門突然「噠」一聲自動打開，但可以見到門嘅另一面係有人喺度。

既然時間計得咁準，應該係想我自己開門入去？我戰戰兢兢咁打開房門，最先聽到有水聲喺走廊旁邊嘅浴室傳嚟，而浴室道門係拉埋咗。

「記得閂好房門。」

下一秒，一把女聲喺浴室裡面傳嚟。雖然我冇真係見過朱小姐，唔知佢把聲係點。但要我估嘅話，呢個人應該就係佢？

「唔係一陣外面有人行過偷聽到就唔好。」

我聽完照做，同一時間腦海裡面喺度急速轉緊……浴室……水聲……唔通？

「你就係方璟佑可？」

「係。」我開始緊張起嚟，聲音有啲沙啞。

「我係 Mr.White 嘅秘書，你叫我朱小姐就得。係嘞，先講句唔好意思，我而家係一邊浸緊浴一邊同你傾偈……」

果然係咁，乜情況突然變到咁刺激嘅！？

「為咗處理公司嘅單嘢，我真係頻撲咗成晚。而家先叫做偷到啲時間整理下自己……」

我聽完唔敢亂回應，只係簡單「嗯」咗聲。

「所以，你而家有兩個選擇，一係入房，檯上面有部手提電腦，你可以用佢繼續我哋呢次對話。」

我聽完即刻望入房，的確係有部電腦喺度。

「但如果你咁做嘅話，就有機會透過透明玻璃偷睇到我，因為呢間酒店嘅浴室係冇簾嘅……」

「咁、咁另一個選擇呢？」

「你可以直接拉開浴室門，等我哋可以近距離見下面。」

「我可唔可以揀企返喺度就算？」

雖則兩個提案都有吸引嘅點。但話晒我都係正人君子，何況而家係傾重要事嘅時候，點可以分心呢？

「即係你放棄呢兩個選擇？」

「係……就算咁做係違背上司命令，我都要保持理性，呢個先係成熟嘅表現。」

噗。

我聽到裡面傳出一下偷笑聲。喂，俾下面好喎。

「好啦，咁你就乖乖地留喺外面。我哋好快就會講完，唔會阻你太耐時間。」

我忽然有種好似俾人測試緊嘅感覺，但當然唔敢亂提出。

「你望下你右手邊。鞋櫃上面有封信，你打開佢。」

一切正如佢所講。我將封信拎上手拆開，曾經有一秒諗過會唔會係解僱信。但真實情況係係更加惡劣——信裡面得一張寫滿字嘅紙，我認得係爸嘅筆跡……係佢平時用開嗰本筆記簿嘅其中一頁。

爸因為年紀大記性開始轉差，所以本筆記簿幾乎係唔會離身，最多係瞓覺嗰陣先擺喺床頭櫃裡面……

諗到呢度，我瞬間理解到呢封信意味住啲咩。

「方璟佑，我就簡單直接咁講啦。」朱小姐突然換個嚴肅嘅語調，「你要繼續遵守公司嘅規則，唔好諗住玩小聰明。我哋清楚你嘅一切、包括每一個你關心嘅對象……相信你肯定唔會想佢哋受苦。」

「我明白。」

「當然，Mr.White 係賞罰分明嘅人。佢叫我同你哋講，假如今次呢單嘢可以順利渡過，你哋自然都會得到唔少好處。」

「我可唔可以問問題？」

「隨便。」

「點為之順利渡過？ Mr.White 會唔會有咩目標係想我哋完成？」

「順利渡過係指，你哋繼續係『Dark Flow』『戰略部』嘅成員。除非有特別原因，唔係一定要每晚六點六分六秒準時喺公司等事件發生。有事就處理、冇事就收工。呢個規律唔可以斷……至於你話目標，Mr.White 並冇明確表示。」

「收到。」我望住爸本筆記簿嘅殘頁，決定鼓起勇氣再問：「你哋既然有能力做到呢個地步，咁會唔會……其實你哋都知道假扮海兒隻『怪物』而家喺邊？」

呢件事關乎到真海兒嘅生死，所以我都唔諗後果豁出去了。同時，我都係賭緊一個可能性……就係我對公司仍然係有價值。

難得地，朱小姐聽完沉默咗。

「如果你哋真係知，或者之後查到……不妨通知我？講到底大家目的都係想公司好……」

「方璟佑，公司請你返嚟係要分憂，唔係反過嚟幫你解決問題。衰啲咁講，你就係公司隻『**狗**』，認清楚自己嘅處境，繼續向前走啦。」

講到呢度，浴室入面嘅水聲突然停咗。

「好啦，我而家開始抹身，問題係要換嘅衫放咗喺外面。」朱小姐接著講：「如果你唔喺半分鐘之內離開房間，就會見到我全身光脫脫咁打開門。當然你幫我拎啲衫入嚟都……」

「我而家即走！」我聽到立即急急腳離開酒店房。

同朱小姐呢段短暫對話，感覺就好似坐完一程過山車咁，心情大起大落。

雖然見唔到本尊係有啲遺憾。但冇所謂，因為我已經從佢口中得到一條重要線索——「**狗**」——我唔覺得自己有諗多到。朱小姐喺對話尾段提到呢個字，肯定係有佢原因。

只要搵到海兒隻狗月月……係咪就代表可以搵到「假海兒」？

睇嚟，只可以用行動去證明。

十二 看門狗行動

就係咁，一場搵狗大計正式展開，為咗增加儀式感，我將其命名為「看門狗行動」。

我自知一個人能力有限，所以請晒所有得閒嘅親戚朋友，一齊喺星期日幫手去香港嘅唔同公園搵。

加加埋埋都幾大陣仗㗎。除咗每個人都有車馬費，我仲特登租咗架旅遊巴，接送唔同人去唔同地方。

至於我自己，當然唔係翹埋雙手等運到，而係去埋離島搵……但結果，一班人付出嘅努力（以及我為數不多嘅財力），都係換唔到任何成果。

之後嘅星期一二同三，我依然係勤奮咁繼續搵。閒日大部份親戚朋友都要返工，所以可以幫手嘅人唔多……

莫非真係俾阿和講中，「假海兒」已經離開咗香港？朱小姐提到嘅「狗」，真係我自己過度解讀？

唔通，我真係冇辦法救到海兒？

呢刻，我坐緊由長洲返去港島嘅船，海風撲臉嘅時候真係有種心灰意冷嘅感覺。

然而，天無絕人之路。一向盡責嘅二舅父居然喺呢個時候

傳嚟訊息：

【是這隻狗嗎？】

【牠的主人是女的。】

因為喺船上面所以收得有啲慢，成功下載到二舅父張相嘅一刻，我真係忍唔住大嗌出嚟，嚇到隔籬自拍緊嘅外國男人差啲跌落海。

張相剩係得背影，但已經足夠認到放狗嘅人……正正就係「假海兒」。

記得Me姐千叮萬囑過我哋唔可以單獨面對「假海兒」。只係當我趕到去公園，用望遠鏡觀察咗一陣之後，我不禁陷入咗沉思……

有一幕我係特別深刻──月月本來好開心咁跑去執隻公仔返嚟，但就快返到「假海兒」面前嘅時候，佢突然停低落嚟露出一副疑惑嘅表情。

見狀，「假海兒」都難免感到失落……

天人交戰咗十分鐘之後，我最後決定自己一個去接觸佢。冇錯係冒險，但我就係有種感覺，比起call馬嚟搞大件事，可能坐低好好傾先係拯救真海兒嘅最佳辦法。

咁當然，我都有留定後路。假設我真係判斷錯誤慘遭毒手，大約一個鐘之後就會有自動訊息通知返 Me 姐同士巴拿。

我一路行，即將去到「假海兒」身後嘅時候。就好似有後眼咁，佢居然搶先開聲講：

「哈囉，阿佑。」

「妳可唔可以唔好再扮海兒嘅語氣？」我盡量表現到好冷靜，勇敢企喺佢旁邊。

「至少喺佢面前要盡量扮得似啲。」『假海兒』指嘅係月月，佢接著將一隻已經咬到殘晒嘅羊公仔遞向我，「到你試下。係月月最鍾意嘅玩具嚟，你有咁遠拋咁遠，佢多數會咬一陣先返嚟。」

我伸手接過隻公仔。月月即刻搖晒尾伸晒脷咁，表現到非常興奮。我用力一拋，月月一個轉身即刻追上去。

「佢雖然唔算太聽明。」『假海兒』總算轉返個幽幽嘅語氣，「但都隱約感覺到我唔係佢主人。」

「狗就係一樣咁神奇既生物。」我回應。

「你應該知道自己一個嚟搵我好危險。」

「咁妳打算點做？喺咁多人面前變身殺我然後走佬？」

「我完全冇打算咁做。」佢搖搖頭，行埋去旁邊一張長凳坐低，「難得今日呢個黃昏咁靚，我覺得我哋可以坐低靜靜地傾下偈。」

「妳明明有好多機會走。」我坐喺佢旁邊接住問：「點解仲要留喺呢度？」

「因為要安排隻狗出境好麻煩。」冇諗到佢竟然咁回答：「一堆嘢要申請隨時要搞半年。」

「但妳根本唔係佢主人，而且仲係……」我一諗起佢頭先嘅失落樣，仲有幾日前拯救阿 Jill 嘅一幕，本來想講嘅兩個字最後都係吞返落肚，「妳真係要走嘅話，其實大可以拋棄佢或者交俾其他人湊？」

「你想講我係怪物。」『假海兒』向我投以一個意味深長嘅微笑，「但聽下你講嘅嘢，到底邊個先係真正嘅怪物？」

「我只係咁講，唔代表我會咁做。」

「我都唔會，所以你先有機會搵到我。」『假海兒』重新望向月月嗰邊，「月月嘅前主人成日都會虐待佢。自從俾海兒接返去之後一直係佢嘅精神之柱，如果我就咁走咗去，佢一定會好傷心。」

「既然妳識咁講，就好應該話俾我知妳收埋咗海兒喺邊，等我救佢出嚟！」再次確認佢內心仲保有人性，我當然乘勝追擊，「反正妳隨時都可以變成其他人，最多到時我畀我嘅passport妳……妳咪用我嘅身份走去外國過妳嘅自由生活囉！」

「如果成件事係咁簡單就好。」『假海兒』無奈一笑。「喺呢個殘酷嘅真實世界，所謂『自由生活』根本就係天方夜譚。」

「吓？」

「你望下嗰邊。」『假海兒』指向公園另一側嘅一張長凳，有個男人坐咗喺度瞓著咗，「佢已經跟蹤咗我幾日。冇估錯嘅話，佢應該都係你哋公司嘅人。」

「我唔識佢。」我如實講。

只係呢個男人嘅存在亦證實到我之前嘅推論，朱小姐同Mr.White佢哋果然係知道「假海兒」嘅位置。

「佢哋應該清楚我唔係海兒本人，但就由得我繼續生活。從你而家嘅反應去睇，明顯都冇通知過你哋『戰略部』嘅人。」

咪係囉……明知又唔講，偏偏要我周圍騰。

「咁就代表著一樣嘢——**所有嘢上頭係另有安排，一日唔擺脫佢哋，我哋都只係俾人控制住嘅扯線公仔。」**

海兒望過嚟，有一瞬間我彷彿可以睇到「多眼女」嘅嚇人臉孔。

「所以，我整暈咗嗰個人，務求今次見面可以順利進行。」

「吓？」我好錯愕，「點解妳講到好似一早知我會搵到妳咁……」

正好喺呢個時候，月月返嚟了，搖晒尾咁將羊公仔掉到我面前。同一時間，我手機亦都響起鈴聲——雖然我而家有權限去迴避事件，但為咗提醒自己，我都係校定六點六分嘅鬧鐘。

「佑，為咗拯救所有人，你願意付出幾多？」

「妳到底想講咩……」

「由呢度跑返去公司大約需要五分鐘路程，只要唔係遇到嚴重阻礙，應該係趕得切喺限時之內返入異空間。」

事實就如佢所講。呢個公園咁啱就喺公司附近，即係佢果然一早計算好晒……

「妳意思……即係今晚會出現『事件』？」

「係，仲要係好犀利嗰隻。自從上次『人質事件』之後，所有嘢都加速緊……你嘅同伴仲未知佢哋即將要面對啲咩。而你，就仲有得選擇去迴避成件事……」

「假海兒」望向我褲袋嘅位置，明顯係暗示緊我銀包裡面張黑卡。

「如果，」佢接住講落去，「喺咁嚴峻嘅情況之下，你仲可以救到海兒，將佢帶到嚟我面前。我就認命還返晒所有嘢俾佢。」

「咁如果我失敗呢？」

「咁……」『假海兒』雙眼曾經有一剎那閃過紅光，我感覺到自己後腦好似俾人用力敲咗一下咁，**「變成行屍走肉嘅你，就會同我一生一世咁生活落去。」**

「咳咳……心領啦。」

聽落未算最差，問題係佢實在有太多隻眼。

「我會去，但妳真係唔打算話俾我知海兒喺邊？」

「你唔需要提示，深入異空間，自然會搵到答案。」

「明白，妳千祈唔好走……老老實實喺度等我。」

因為時間有限，所以我都唔浪費時間追問，毫不猶豫轉身就開始跑。中途試過打俾 Me 姐同架叔，想提醒佢哋今次「事件」嘅嚴重性。但睇嚟佢哋已經進入咗異空間所以冇辦法接聽。

而且，當我身水身汗咁跑到去公司附近，先發現事情比想像中更難搞──因為幾日前嘅人質事件（對外宣稱漏煤氣），所以公司外圍依然係處於圍封狀態。可以見到正門同後門都有警察駐守，想貿貿然闖入去絕對係冇可能。

再加上，本來都預咗呢段日子我係負責搵「假海兒」唔使留守公司，所以都冇提早問定有咩方法可以繞過圍封偷走入去。

心急如焚嘅我，喺迫於無奈之下最後決定打俾士巴拿。

嘟、嘟、嘟……

死仔，唔係連你都唔聽呀？

「喂？」一把唔耐煩嘅男聲響起。

我正想開口，背脊突然俾某件硬物頂住，隨即有另一把男聲喺背後開聲講：

「唔想死嘅話，收線。」

一聽到呢把聲，一股寒意立即竄過全身……我當然認得佢係邊個——阿 Jill 嘅大哥，冷酷男 Leon，幾日前搞到公司咁大鑊嘅罪魁禍首。

「喂？你係咪已經搵到隻『怪物』？」電話另一邊嘅士巴拿問：「喂喂？出聲啦！」

「我再講一次……收線。」

點解……佢會喺呢度？

十三 直搗黃龍

而家嘅時間係下午六點十三分。想喺外界進入異空間嘅話，只係剩低大約七分鐘時間。

雖然 Me 姐畀咗黑卡我可以迴避「事件」。但如果我選擇放棄唔入去，除咗會錯過拯救海兒嘅最後機會，亦都冇辦法提醒「戰略部」嘅同伴今轉「事件」嘅嚴重性。

明明情況已經夠晒危急，Leon 偏偏仲要喺呢個時候殺出嚟用槍指住我……

「你嗰邊……」可能見我一直唔出聲，士巴拿終於察覺到唔妥，「係咪出咗事？」

我冇回應到，而係照 Leon 嘅說話做收線。既然士巴拿已經估緊我呢邊情況異常，咁或者我呢個舉動已經畀到答案佢。

「我已經收咗線。」我驚 Leon 唔清楚，所以額外補多句。

講起驚……呢刻我當然好驚。情況就同幾日前作為人質嗰陣一樣，呢度係現實，我只要中槍就真係會死……

「睇你個樣咁緊張，應該係想趕喺夠鐘之前返入大廈裡面？」Leon 問。

「嗯……」仲要俾你用槍指住，點可能唔緊張？

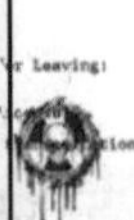

咦？我忽然醒起 Leon 都係曾經去過異空間嘅人。除非佢手上面有黑卡或者請假紙，唔係佢都有必要喺限時前趕返入大廈「報到」。諗到呢度，我開始擔心自己身上嘅黑卡會被搶走。

「不過據我所知你應該有方法可以避過『事件』。」冇諗到，佢居然連呢點都知道，「點解明知有危險仲要返去？」

「因為我見過之前救阿 Jill 嘅『怪物』。」事到如今，我都冇得驚只可以照直講：「佢同我講今次『事件』會好癲，所以我要返去提醒我嘅同伴，可以嘅話仲想救多一個人。」

我講到全身出晒冷汗，亦都唔敢透氣，靜待 Leon 嘅決定。幾秒後，我感覺到槍頭慢慢從背脊移開……

「既然你想入去送死，我都唔介意送你一程。」

「吓？」

「時間無多，跟我嚟。」說罷，Leon 就直接從我身邊走過。

我考慮過轉身直接跑走，話晒附近都有唔少路人，照計拉開距離佢應該係唔敢亂開槍。但最後都係選擇向前行，跟喺 Leon 後面。

「你識得入去？」我問。

「本身『Dark Flow』大樓喺設計嘅時候就準備咗好多條秘道，有一條到而家都仲未俾人發現到。只要我哋加快腳步，應該仲嚟得切。」

「但你真係信我頭先講嘅嘢？你唔驚我係嚟捉你返去？」

「你係想捉我，就唔會好似隻盲頭烏蠅咁喺大廈周圍亂咁轉……」Leon 笑著講：「簡直顯眼到冇辦法忽視。」

因為俾佢講中咗，我一時三刻都唔知點應。

「然後，我信嘅唔係你講嘅嘢，而係行動。」佢接著講：「嗰日多得你阿 Jill 先冇事。」

既然 Leon 連呢點都知道，我腦海有個念頭越嚟越強烈——「戰略部」係咪有內應出賣緊訊息畀佢？

「其實都唔關我事，救阿 Jill 嘅係隻『怪物』。而且佢而家都喺大廈裡面，同其他人一樣情況好危險……」

而家輪到 Leon 嘅一眾同伴反過嚟成為人質。佢哋冇武器傍身，情況肯定係更加嚴峻……真係風水輪流轉。

「所以，我同你嘅目的其實係一樣……救我嘅同伴。」

Leon 帶我走入距離「Dark Flow」兩條街嘅一座工廈。

經後樓梯走落一層，之後打開已經嚴重生銹嘅鐵閘，再穿過明顯已經荒廢好耐，有陣濃烈臭渠味嘅隧道，最後嚟到一道彷彿喺恐怖片先會出現嘅殘舊木門前面。

「老四，」Leon 舉起右手對著手錶問：「有冇察覺到啲咩唔妥？」

老四……應該係之前都有出現過，一直喺外面協助佢哋嘅同伴。

「佢點回應？」我問。

「佢話冇事。」Leon 露出一個不懷好意嘅笑容，「但以防萬一，最好都係由你試下開門先。」

「吓？」唔係啩？

「我諗我應該唔使舉返起枝槍咁老土？」Leon 滿不在乎咁話。

「唉……」我嘆咗啖氣。

鬼叫自己蠢咁易信人，而家後悔都太遲，除咗頂硬上都冇咩其他辦法。

我戰戰兢兢咁伸出右手，就喺掂到門柄嘅一剎那，突然感覺到一股好強大嘅引力將我成個人扯走。一開始我真係以為自己會死……但下一秒，我就感覺到自己被轉移到另一個地方……

眼前係一間擺滿人形衣架嘅房間，喺異空間標誌性嘅紅燈照耀下顯得格外詭異。

「方璟佑，你聽唔聽到我講嘢？」門另一邊傳嚟 Leon 嘅聲音。

「聽到……」我對頭先嘅撕裂感仲係猶有餘悸，「我係咪已經喺異空間裡面？」

「係，呢度門係冇辦法打開，佢會直接將你拉入異空間裡面……你退後幾步，唔係我入嚟可能會出事……」

「例如呢？」我不禁好奇問。

「例如我哋兩個合而為一？呢個大概已經係最好嘅發展。」

我聽完即刻彈後兩米，死都唔想變成兩頭怪物。幾秒後，可以見到 Leon 憑空出現喺門前。如同頭先嘅我一樣雙眼睜得好大，明顯係享受緊撕裂感所帶嚟嘅餘韻。

「可以嘅話……我真係唔想再經歷下一次。」佢講。

「同意。」我再次環顧四周，注意到幾米以外有另一道門，「咁我哋而家應該……」

「等陣，」Leon 阻止咗我嘅提問，突然指住頭頂，「你望下上面！」

我即刻抬頭望，透過紅燈依稀見到通風位有白煙飄緊出嚟……我第一下諗返起第一次見到「多眼女」嘅情況，但照計佢而家應該喺現實世界先係。

我重新望向 Leon，發現佢喺迅雷之間已經戴上防毒面罩。

「我諗應該係催眠氣體嚟。」佢從容不迫咁講。

「吓！？」一意識到呢點，我即刻用手掩鼻，「咁你仲有冇多個罩！？」

「有……但我嘅同伴都可能有需要，所以幫你唔到。」

「你……」

見 Leon 講得咁決絕，我已經心知不妙。第一時間跑返去頭先傳送過嚟嘅木門前打算逃走。但今次掂門柄並冇觸發任何效果，格硬扭亦都扭唔開道門。

慢慢，我開始感覺到整個世界喺度天旋地轉，好快就全身冇力攤咗喺地下。

「確實係催眠氣體。」意識朦朧間，我感覺到 Leon 踎咗喺我旁邊，邊講邊將一樣嘢塞落我褲袋裡面，「既然『落毒』嘅人冇選擇直接殺人，咁你或多或少仲有機會……祝你好運。」

我已經冇力回應，只能眼白白睇住 Leon 移動到幾米以外嘅門前。開門離開後，我終於眼前一黑，徹底失去意識。

⊠

我到底昏迷咗幾耐？

一醒返，我最先感覺到自己坐咗喺熟悉嘅電腦椅，雙手趴咗喺檯上面。我忍住頭痛抬起頭，天花嘅白光管燈非常刺眼，需要隔一陣先睇到周圍嘅情況。

最先係前方同樣坐咗個啱啱甦醒嘅男人。佢唔係 Leon，亦從未見過。一臉鬚根望落非常頹廢。而我同佢之間，就放咗一大疊印住「井」字嘅 A4 紙，仲有兩枝原子筆……

「啊……」男人痛苦咁拍一拍自己個頭，「如果一早知今日有『事件』，我琴晚一定唔會飲咁多酒……」

我認到把聲，就係當日將我同 Me 姐拒之門外，「戰略部」B Team 嘅成員之一杜少。

我望向四周，辦公室分隔板將我同杜少編咗入一個獨立嘅正方形空間裡面，角落掛住一部細電視，想再望遠啲嘅話就一定要企高……只係我完全唔敢輕舉妄動。

幾秒後，杜少都清醒返唔少，同我一樣察覺到周圍嘅情況——有幾位著住古代服飾、臉容僵硬而蒼白、臉部嘅妝化到成個紙紮公仔嘅「官員」同「花旦」，正企咗喺分隔板外面將我哋重重包圍……

「嘻嘻嘻……佢哋醒啦。」其中一位『女花旦』笑住講。

「咁我哋就係時候功成身退。」『男官員』回應。

說罷，佢哋就轉身離開。取而代之係一堆著住西裝嘅「職員」，數量多到簡直冇可能數到，想強行突破絕對係天方夜譚。

——哈哈哈哈哈哈哈哈哈哈哈哈哈——

旁邊嗰部細電視突然自動打開，仲播起當年四千金嘅《大笑之歌》。本身已經夠詭異嘅低清畫面，喺呢個狀況下變到更加得人驚。

下一秒，褲袋嘅手機傳嚟震動。我即刻拎上手睇（對面嘅杜少動作一樣），最先留意到右上角顯示嘅時間居然返咗去六點六分六秒，接住係今次「事件」嘅訊息——

【事件：扮工鬥室】

?????????????????????????

?????????????????

???????????????

??????????????????????

????????????

???????

?????????????????????

難度——D——Dead

十四 過三關挑戰

扮工鬥室——？

可能因為啱啱醒返個人仲迷迷糊糊。最初見到螢幕一堆亂碼嘅時候，我完全係一頭霧水，直至望到最底嗰行嘅「**Dead**」字，個頭即刻好似俾人扑咗一槌咁清醒過嚟……

……隨之而來嘅係寒意。

我不禁諗起當日架叔喺酒吧同我解釋過嘅嘢：

「最後係 D ——Dead……亦都有人會解成 Despair（絕望）。從來冇人可以解決到 D 級嘅怪物，遇到只可以一直避……有咁遠避咁遠、然後祈禱隻怪物唔會搵到自己，一直等到異空間結束為止。」

架叔話自己返咗咁多年工都只係遇過兩次「D」事件，而我只係返咗大半個月，連試用期都未過就撞到，感覺就好似衝住自己而嚟咁，亦都印證咗假海兒之前講嘅嘢——**所有嘢都加速緊—向住非常嚴峻嘅方向**。

「Dead……呼。」坐喺我對面嘅杜少忽然嘆咗一口氣，「終於嚟到呢日。」

一見到佢呢副扮晒冷靜嘅死人樣，一股怒氣即刻湧上頭。當日 B Team 見死不救呢啖氣我當然仲未散……

「我認得你，A Team 嘅其中一個新人。」杜少重新將目光轉到我身上，亦都察覺到我臉上嘅怒氣，「唪，講明先，上次單嘢我哋冇針對任何人……換轉你都係會咁做。」

「我先唔會咁做。」我冷冷咁回應。因為周圍情況太過異常，

所以都只可以忍住出手打佢嘅衝動，

「哈，肯定喇。」杜少聽完冷笑一聲，「同你講，我哋已經冇晒通行證，所以今次大家都唔會有安全室用……你都係中完催眠氣體然後醒返就喺度？」

我冇回應，杜少隔咗幾秒接著講落去：「你唔應我就當係……新仔，等我話俾你知今次事態有幾嚴重。」

佢望向旁邊將我哋重重包圍嘅「職員」。

「過去嘅經驗話俾我知——唔單止我哋人類識學習，成個異空間仲有『怪物』都係識得成長。以前發生過嘅『D』事件，當時嘅人都係選擇走佬避過去……」杜少指向其中一位男職員，「所以今次佢哋學精咗，用催眠氣體將我哋一網打盡。」

我突然諗返起 Leon，既然佢戴咗防毒面罩，正路應該可以逃過一劫。但 Me 姐架叔同埋阿 Jill 佢哋呢？唔知佢哋事前嘅功夫準備得夠唔夠……

「然後，你記唔記得上次『V』事件嘅情況？」杜少突然問。

「我當然記得。」特別係你由得我哋自生自滅嗰 part。

「當時啲掃地阿姨我哋一個都解決唔到。如果我冇判斷錯，而家將我哋包圍嘅職員全部都有相同嘅強度，貿貿然起身走只係死路一條。」

「咁你覺得應該點做？」

「唉，如果有枝煙我個腦會清晰啲，可惜咁啱食晒……」杜少用力敲一敲自己後腦，「佢哋明明捉住咗我哋，但又唔順手殺埋，一定係有原因……今次事件叫咩名話？扮工鬥室……扮工……」

杜少快速思考嘅同時，將目光移向面前寫住「井」字嘅嗰一疊紙。

「啊！？」

就喺下一瞬間，距離我哋幾米以外突然有個男人大叫。

「呢度係邊度嚟……嘩！？」

唔知係咪聲音太大，所有「職員」立即同步將身體緩緩轉向嗰個方向，整個畫面非常詭異……

「喂，阿平！起身喇！」男人繼續嗌。

「妖……我瞓得好好，你嘈咩……」另一把男聲回應，如無意外應該就係真正嘅阿平？

「白痴仔！我哋俾『怪物』包圍住啊，仲瞓！」

只係呢個時候我根本冇心力理嗰邊嘅情況。因為旁邊嘅「職員」們情況越嚟越唔尋常——由之前嘅目無表情，變到開始展現怒意。呢個畫面令我諗返起人質事件當日，掃地婆大開殺戒前嘅情況……

「阿平！阿 Joe ！收聲！」杜少睇嚟都察覺到唔妥，冒險大嗌，「班『怪物』已經留意到你哋！」

作為 B Team 嘅老大肯定係有說服力，嗰邊聽完即刻靜落嚟。而「職員」們亦都因為咁暫時變返正常……

啪！

我錯了。其中一位「女職員」依然保持住怒意，用力拍咗一下分隔板，繼而對住杜少咆哮。

「你返工做乜大聲嗌呀？係咪想死！？」

杜少聽完即刻舉高雙手，擺出一副投降嘅姿勢。

「唔想死就繼續做嘢！」

「你指呢疊嘢？」杜少大膽指住前面疊紙問。

「當然啦，你係咪咁蠢咩都要問一餐？」

「好好好……幫緊妳幫緊妳。」杜少重新將目光轉到我身上，之後喺褲袋裡面拎出一部 Call 機，「阿平，阿 Joe……講嘢太大聲係會出事，我哋試下轉用 Call 機，講嘢盡量細聲。」

幾秒後，傳呼機嗰邊傳嚟阿 Joe 嘅低聲回應。

——老大……收唔收到？

「收到……你哋面前係咪一樣有疊紙？上面印住個『井』字？」

——係。

「我大概理解到而家係咩情況。扮工⋯⋯『**扮**』工。」杜少一手拎起其中一張紙，另一手拎起筆，「我諗，你哋應該個個都識玩井字過三關？」

「吓？」

——*過三關？*

我聽完當然疑惑，Call 機另一邊嘅兩個人反應都係一樣。

「既然呢份就係『工作』，我哋咪試下『**扮**』俾佢哋睇。」說罷，杜少就喺井字嘅中央畫咗個圓圈，「輪到你。」

我先偷望旁邊嘅「女職員」。佢居然真係因為杜少呢個舉動而收返憤怒嘅表情，並且將目光轉到我身上⋯⋯

見狀，我都即刻拎起支原子筆，喺井字嘅左下角畫咗個「交叉」。

「睇嚟我冇估錯，今次『事件』嘅本質就係要我哋『扮做嘢』⋯⋯至少暫時係咁。」杜少意味深長咁講，繼而再畫一個圓圈，「到你。」

——但⋯⋯真係就咁玩過三關就得？

另一邊嘅阿平開口問。

「反正大家都識玩係好難分到勝負，我哋咪求其敷衍下旁邊嘅『怪物』，試下捱唔捱到一個鐘。」

講到呢度，我同杜少已經玩完第一張紙⋯⋯自然係平局收場。

「反而，我好奇嘅係，假如分出勝負……」杜少眼神變得銳利起嚟，「又會發生咩事？」

見到杜少反應迅速，一直見招拆招。我諗返起人質事件之後，有日同架叔提返起倉庫發生嘅事，當時佢係咁形容杜少：

「阿佑仔，正如我哋之前所講。每個加入『戰略部』嘅人都有佢嘅原因……至於杜少……」

佢單純係一個生還者——如何喺各種極端情況下生存落嚟……就係佢人生最大嘅樂趣同挑戰。

「下一鋪。」杜少放低另一張紙，「今次由你先。」

直到玩到第五局，我依然覺得成件事好匪夷所思……

真係發夢都冇諗過……有朝一日返工可以玩井字過三關。

坐喺我對面嘅杜少就唔同，佢好輕易就接受咗成件事。一邊同我玩井字過三關，一邊同步處理緊唔同嘅嘢——

首先係測試周圍「職員」們嘅底線（特別係嗰位一直盯實我哋嘅「女職員」）—— 每個人只有八秒時間畫下一步，一過時包圍我哋嘅職員們就會由木無表情慢慢換成為憤怒……至於再拖落去會點？杜少冇試落去，但我哋諗法基本上係一致……**就係會被殺死**。

然後，杜少都試過扮伸懶腰短暫離開座位。見職員們冇太大反應，就趁機會企高視察分隔板外面嘅情況。

「嘩。」佢坐低之後驚嘆一聲，「簡直係一望無際，全部都係一式一樣嘅分隔空間。」

——有出口？

Call 機另一邊嘅阿 Joe 問。

「我唔敢企太耐，所以唔肯定，搵機會再試下。」杜少劃咗個圓圈，「到你。」

轉眼間就玩咗十局，暫時全部都係平局收場——井字過三關從來都唔算複雜嘅遊戲，只要雙方都明白原理，保持專注唔分心嘅情況下，其實要一直打和係完全冇問題。

喺「D 事件」嘅絕望前設下，我哋自然唔會有人想成為輸家……因為後果係點大家都心知肚明。

第十二局一樣都係平局。

「睇嚟會係長期戰，最衰冇得竄走去沖杯咖啡……」杜少畫完下一步繼續調整佢手上嘅 Call 機。

自從知道阿平同阿 Joe 就喺附近之後，佢就一直嘗試聯絡最後兩位 B Team 成員老泥同矮仔明。

同一時間處理以上咁多嘢都冇分心玩輸。只可以講不愧係 B Team 嘅隊長，其他人口中嘅「生還者」。雖然只係觀察咗好短時間，但已經幾肯定佢實力同魄力都同 Me 姐旗鼓相當。

終於，玩到第十四局嘅時候……

——喂！喂喂喂！？沙沙沙沙沙——係咪大佬！？

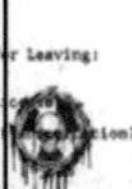

「終於得咗。」杜少迅速喺右上角畫個交叉，「老泥，你嗰邊收得清唔清？」

——*大佬……我哋呢邊好鬼大鑊呀！*

老泥打斷咗杜少嘅說話。我一邊聽嘅同時都小心翼翼落下一步，絕對唔可以分心出錯……

「發生咩事？」杜少問。

——*矮仔明囉！條友真係好撚蠢，居然咁都玩錯……下一步佢就會輸！*

「玩輸……」杜少眼神變得銳利起嚟，「你哋都係玩緊過三關？」

——*係……*

雖然係贏咗，但老泥嘅語氣一啲都唔開心，而且充滿恐懼……

——*喂，矮仔明，你快啲畫啦！啲「怪物」已經擰轉晒身啦！*

——我……我點都唔會落下一步！

另一把聲響起，應該就係玩輸過三關嘅矮仔明。

——*可能你畫完唔使死呢！*

——你都痴線……而家分明係玩緊生存遊戲……點可能唔使死！

——你明知頭先又唔認真玩？你再唔畫我哋隨時一鑊熟！

——公司請你哋返嚟做咩呀！？

突然一聲女性咆哮，嚇到我差啲畫錯下一步。

——你個仆街！

唰沙——我聽到紙張被掃走嘅聲音。

——你唔寫我就迫你寫！

——好痛……好痛呀你老味！

雖然只係聽到聲，但大概都可以想像到嗰邊嘅情況——老泥應該係離開咗座位，捉實矮仔明嘅手想強行迫佢落致命嘅一步……

明明兩位同伴情況非常危急，但杜少依然處之泰然，佢好小心咁畫完下一步，然後揮手示意輪到我。

佢嘅行動說明佢完全冇諗住向同伴提供咩援助，而係靜靜咁等候某個結果。

——痛……嗚……你好放手……

——寫呀，我叫你寫呀！

明明上一秒兩個男人仲喺度用蠻力拼過你死我活，下一秒卻換成沉默——因為，佢哋都意識到「惡意」已經近在咫尺……

——既然你哋返工咁唔認真，我決定——

頭先嘅咆哮女聲響起。

——炒晒你哋！

——嗚嗚啊啊啊啊啊啊啊啊啊啊——

慘叫聲伴隨住可怕嘅撕裂聲——可能驚聲音太大會惹到我哋旁邊嘅「職員」，所以杜少果斷咁熄咗 Call 機。雖然係咁，但我哋依然可以聽到淒厲嘅慘叫聲喺遙遠嘅方向迴盪過嚟……

隨即，係一遍死寂。

帶著寒意玩完第十五局之後，突然有滴「水」喺天花滴落地。我同杜少不約而同抬起頭望。赫然發現有堆新鮮嘅人體殘肢唔知幾時融入咗喺石屎天花裡面，細心啲睇仲可以見到有人頭混入其中……

——老大……我見到矮仔明嘅人頭。

Call 機另一邊嘅阿 Joe 慌張咁講。

「老泥喺我哋呢邊……」杜少平靜回應：「結果我哋都係唔知輸贏嘅後果。但至少確定到拖太耐會點。喂新仔，我諗你應該冇自殺傾向？」

「我？」見佢望住我問，我即刻回應：「痴線，當然冇……」

「咁你每步都要小心啲，唔好拉埋我落水。」

「唔使你講我都會。」我畫完下一步之後講：「佢哋明明喺你嘅同伴……點解你好似冇感覺都冇？」

「佢哋入得『Dark Flow』，就預咗會有咁嘅風險。」佢見打和之後隨即換另一張紙，「何況佢哋喺現實仲未死，就算俾人分屍，都只係會痛到一個月落唔到床，個人變到懵下懵下咁……」

「變到行屍走肉……同死咗根本就冇分別。」

「以你嘅標準，咁呢個世界應該一半都係活死人。」杜少冷笑一聲，「我同你講，雖然『D』級事件係好絕望，但有危就自然有機。」

「你指寶藏。」我講。

「冇錯，喚返同伴嘅『傳呼機』、終結成個異空間嘅『打字機』……仲有好多珍貴寶藏，只會喺呢個級數嘅『事件』先會搵到。」

對我嚟講，當務之急都係救返海兒，但困喺呢個地方根本乜都做唔到。

「而且，從來冇人話過寶藏只可以拎一樣。」佢眼神彷彿睇穿咗我嘅目標，「你夠犀利嘅話，絕對可以一次過拎晒所有嘢做大贏家……」

「你講到咁美好，到最後咪又係諗住拖到夠鐘。」

「差唔多一半喇。」杜少再次抬頭望向頭頂同伴嘅屍骸，「我唔信情況會一直都係咁……我曾經聽Beely講過『怪物』嘅事，

既然今次佢哋落重本捉我哋，肯定都付出咗一定代價。會唔會，個代價就係唔可以用一般方法直接殺我哋……**只可以等我哋出錯？**」

玩到第廿五局嘅時候，時間正好去到六點三十六分六秒。所有「職員」突然一齊轉身對住同一個方位。下一刻，天花嘅白光燈差唔多一次過熄晒。成個無限延伸嘅空間裡面，只係剩返一個地方仲著緊燈。

「今日有人離職，係時候食散水餅囉！」附近某位『職員』大聲叫喊。

「好嘢！」「好嘢！」
「好嘢！」「好嘢！」
「好嘢！」「好嘢！」
「好嘢！」「好嘢！」

其他「職員」就好似扯線公仔咁不斷大幅度咁上下揮手，成個畫面既滑稽又詭異。

「你哋都一齊啊！」『女職員』轉身望過嚟，向我哋展現一個邪笑。

「一齊過去食散．水．餅吖。」

過三關完到散水餅，情況果然如杜少推斷咁。

問題係……喺嗰邊等緊我哋嘅，係危定係機？

十五 散水餅

打和咗廿五局井字過三關之後，呢場「D」級事件終於迎嚟另一次轉折——就係去食散水餅……？

——老大，我地應唔應該過去？

短暫嘅沉默後，Call 機嗰邊傳嚟阿 Joe 嘅提問，睇嚟佢哋都遇到相同情況。

杜少注意到「女職員」慢慢收返笑容，變成好似學校訓導主任咁嘅嚴肅表情，所以未等佢開口就早一步講：

「既然佢哋咁有誠意，我哋咪去食下囉。」

杜少講完即刻彈起身，見個「女職員」隨即將目光移到我身上，我當然都唔敢違抗命令，跟住杜少向茶水間嘅位置進發。

就算企咗起身，喺光線不足嘅情況下，都好難睇清楚周圍嘅情況，剩係可以確定「職員」真係多到冇辦法數，真係玩人疊人都可以疊得死人。

而且話就話食散水餅，但佢哋依然係企定定唔郁，我哋要過去茶水間就有必要喺佢哋身邊行過，過程中佢哋嘅眼神一直放喺我同杜少身上……

我好驚撞到佢哋，所以真係一步一驚心，唔敢講任何嘢之餘，就連呼吸都唔敢太用力，驚唔小心惹到其中一位職員，然後落到好似矮仔明同老泥咁嘅下場。

「哈，搞到好似去緊死刑場咁。」杜少就好似唔識死咁繼續測試底線，行過去嘅時候仲一直講嘢，「希望去到嗰邊會有雞脾食。」

我冇理到佢，行咗大約半分鐘，總算去到整個空間唯一有燈嘅地方——正正係同「Dark Flow」一模一樣嘅茶水間，成個氣氛營造到好似 Netflix 啲廚藝節目會出現嘅場景咁。

而茶水間嘅餐檯上面，就放咗一堆彩色繽紛嘅紙杯蛋糕，仲有包裝設計非常懷舊嘅飲品。

等多廿秒左右，阿平同阿 Joe 都嚟到了。經歷完前面嘅事，佢哋都明顯嚇壞咗，只係差在未喊出聲……

「老大……我哋而家點算好？」阿平問，但對方並冇回應，「老大？」

「係。」杜少終於回過神，「冇，我只係覺得頭先個女職員熟口熟面咁……好似喺邊度見過。」

「邊個？」

「佢而家唔喺度……算啦，總之我哋要撐住，捱多半個鐘就可以返去。」杜少嘅語氣一啲說服力都冇，明顯佢自己都唔信件事會輕易結束。

望返轉頭，一眾「職員」們已經偷偷組成人鏈，360 度咁將我哋重重包圍住。

「我隨便拎就得？」見走唔到，杜少嘗試問附近嘅一位『男職員』。

「當然。」對方回應，「嘿。」

「越睇越可疑……」阿平望住檯上面堆蛋糕，「老大……啲蛋糕九成有毒！」

又或者炸彈──我諗返起「獨男」送嘅大禮。

「去到呢個情況，就算有毒我哋都係要照食。」杜少思考多幾秒接著講：「我哋求其揀咗先……但唔好食住，睇下會發生咩事。」

杜少最後揀咗一個粉藍色蛋糕同拎咗支清水。見隊長拎完仲生勾勾，佢另外兩位同伴都跟住拎起同款嘅粉藍色蛋糕，可以話係一啲冒險精神都冇。

不過我都係有口話人冇口話自己。既然杜少肯不停做身先士

卒嘅角色，我當然樂於坐享其成。等到我哋四個都拎晒散水餅之後，本來將我哋完全包圍嘅「職員」們忽然一齊行埋嚟……

「嘩！？」阿平嚇到大叫，佢旁邊嘅阿 Joe 直程驚到成個人踎低抱住頭。

但「職員」們嘅目標並唔係佢哋，好快就喺佢哋身邊行過，再越過埋杜少同我，聚埋喺餐檯旁邊開始揀散水餅，拎上手就即刻大啖大啖咁咬落去……

「佢哋不斷湧緊嚟，我哋要行啦！」杜少處變不驚拋出呢句說話，隨即帶頭行動起嚟，「件蛋糕千祈唔好跌！」

雖然走嘅過程不斷俾湧入茶水間嘅「職員」撞，但我哋最後都係成功突圍而出……

呢刻，身邊再冇「職員」擋住視野，喺背後唯一光源嘅幫助下，可以見到大約二十米以外……竟然零零舍舍有一道門擺喺路中央！

「老大，係門啊！」阿平係第二個發現到，佢即刻激動起嚟。

「可能係出口，亦可能只係一道好普通嘅門，為咗引我哋犯錯……」杜少開始分析，再重新望向手上面嘅蛋糕。

「但呢個係大好機會！我睇過『戰略部』舊同事留低嘅日記，以前係有過類似嘅例子，只要穿過特定嘅門就可以離開呢個鬼地方！」阿平講。

「我都睇過，但……」

「仲諗乜鬼啊！唔好諗啦！」已經俾現況嚇到三魂唔見七魄嘅阿 Joe 終於爆發起嚟，「而家班『怪物』喺後面……等佢哋食完就太遲！」

佢講完隨手掉低件蛋糕，不顧一切咁向住大門方向直奔。同一時間，後面一眾「職員」們依然喺度享用緊散水餅……

唔通阿 Joe 嘅選擇係正確嘅？就喺我同阿平都打算跟隨嘅時候……

「Surprise——Mother Fuxker!!!」

一位操流利英語嘅阿伯——「掃地伯」突然喺終點前殺出，利用手上嘅掃把直斬向阿 Joe 頭頂，短短半秒就將佢成個人一分為二……

本來已經跑咗幾步嘅阿平見到當場嚇到成個人定喺度……下一秒，漆黑中突然伸出一隻手搭向佢右邊膊頭——係之前一直針對住我哋嘅「女職員」。

「嗰位冇用嘅同事已經俾人掃地出門，呢場過三關你贏咗喇。」

「吓？」阿平依然驚魂未定，全身僵硬咁慢慢將個頭擰過去。

「既然你咁盡心盡力為公司。」『女職員』笑意變得越嚟越濃，**「公司都好樂意晉升你做永久員工。」**

講完嘅一刻，阿平臉上嘅恐懼瞬間消失，同時徹底失去血色。一身嘅衣著都轉換成為黑色西裝——**同周圍嘅「職員」一模一樣。**

幾秒後，佢歪一歪頭問我同杜少：

「點解你哋仲未返埋位嘅？係咪嫌散水餅唔好食呀？」

杜少冇講啲咩，先望咗眼門嗰邊，之前殺死阿 Joe 嘅「掃地伯」正一臉痛苦咁揼緊自己條腰。佢再將目光移向阿 Joe 條屍、到地板已經爛晒嘅蛋糕，之後係已經轉化成為「職員」嘅阿平……

「過嚟。」佢揮手同我講：「而家周圍咁黑，想搵返原位根本冇可能。」

說罷，佢就隨便行入旁邊一個分隔空間裡面坐低。我冇回應但內心同意，所以都拎住蛋糕坐返喺佢對面。

隔多陣，食完蛋糕嘅「職員」們又重新將我哋包圍，現場嘅燈光亦都著返晒。

「而家我哋知道，呢場過三關遊戲無論贏家定輸家都唔會有好下場。」杜少得出呢個結論。

「嗯。」我點頭。

「然後，大門係有人守住，貿貿然衝過去只係死路一條。」

就好似恥笑我哋一樣，旁邊部電視又再次播起《大笑之歌》——

——哈哈哈哈哈哈哈哈哈哈哈哈哈——

「最大鑊係……」杜少指向電視嘅右上角，「你望下個時間。」

佢唔講，我都注意唔到原來電視螢幕右上方係有時間——呢刻係寫住六點零六分……WTF！？

「我手機顯示嘅時間都係一樣……呼。」

杜少嘆咗口氣，然後扭開枝裝水一口氣飲咗一半。

「新仔，睇嚟我哋今次呢一個鐘會非常漫長。」

十六 無限輪迴

現時個情況大概係咁——我哋而家身處嘅空間唔單止無限延伸，時間仲會不斷循環。我哋（其實都係得返杜少）要持續玩眼前嘅過三關、中途會俾人點去食散水餅，返嚟就要由頭重新玩過……

簡單講，就係一場永遠唔會結束，無限延續落去嘅過三關遊戲。直到我哋當中有人出錯，又或者有人成功穿過道門為止。

為咗確認情況係咪真係咁惡劣，我哋唯有繼續聽聽話話咁玩落去……

問題係，我已經搵咗「假海皃」幾日，頭先仲要跑返嚟公司，氣都未唞夠就俾人捉嚟呢度……經歷完咁多嘢，其實我玩完一圈（半個鐘）嘅時候精神狀態已經開始下滑。有次真係幾乎出錯，好彩杜少提得切水先冇事（但呢下都嚇到我個心離一離）。

不過都算係錯有錯著，證明咗呢場過三關挑戰係接受提水。喺呢個無論贏輸都一樣慘嘅局面，我哋實在有必要暫時放低私人恩怨，先可以同狀態轉差呢件無可避免嘅事打返個平衡。

三十局、四十局、去到四十七局嘅時候，時間又再次嚟到六點三十六分六秒。嗰位唔知幾時抹好嘴嘅「女職員」又開始大嗌起嚟。

「今日有人離職，係時候食散水餅囉！」

「雖然會一直重複，但至少我哋唔會缺水或者餓死。」杜少早就食完之前件蛋糕。

「但我哋仲識得攰，攰到一個地步又冇得瞓都係死路一條。」

「喺呢件事發生之前，我哋唯有繼續加油喇。」

拎完蛋糕開始埋位嘅時候，杜少把握「職員」聚埋茶水間嘅時機望清楚大門方向。呢刻嗰邊已經再冇屍體，亦都見唔到「掃地伯」。

「如果所有嘢係一個輪迴。」佢再次分析，「我哋而家是但一個跑過去，個奇怪阿伯就會彈出嚟殺人。」

「大概係咁。」我淡淡回應。

「嗯……」

杜少坐低後沉思咗一輪，直到醒起要繼續玩過三關，即刻拎筆求其畫咗個圈。之後，佢將本身拎住嘅 Call 機推到我面前。

「咩事？」我問。

「既然我 Team 人都已經死晒，咁部嘢我都冇用。你拎嚟聯絡下 Me 姐。」

「吓，但你部嘢望落好鬼複雜我唔識搞……」

「呢點你要多謝Beely，條友向來鍾意將啲野簡單複雜化。但放心啦，我已經幫你校好晒，部機而家自動追蹤緊，擺喺度唔使理佢，得就自然會有聲出。」

「你又會無啦啦咁好死？」我瞇起眼問。

「我可以隨便吹一堆理由──譬如我哋而家無論輸贏都係死，所以要合作，係命運共同體之類……但通通都唔係，我純粹係唔想同Me姐講嘢。」

佢嘅語氣非常真心，所以我都放低懷疑接受佢呢份好意。

「我覺得我哋應該傾下偈。」再玩多三局之後，杜少終於一臉唔耐煩咁講：「互相分享下，唔係咁樣只會越嚟越想瞓。」

「可以嘅，」我確實感覺到睡意湧緊出嚟，「你先？」

「你有咩想知？」杜少問。

「你點解會入嚟『Dark Flow』？純粹貪刺激好玩？」我諗起佢「生還者」呢個稱號。

「哦，你九成係聽架叔提起過我。」杜少聽完恍然大悟，

「有錯，我後生嗰陣好鬼癲，你可以數到嘅刺激嘢都幾乎玩過晒。仲去過啲中東國家做僱傭兵，落過戰場……」

「同熊人隻揪呢？」我問：「仲有袋鼠。」

「所以我話係『幾乎』……求刺激唔代表魯莽，要識進退先可以長玩長有。」

無啦啦走去上戰場點計都非常魯莽囉唔該。

「但真正原因唔係咁，我想要異空間入面嘅某件寶物——**一塊可以重塑身體去返最佳狀態嘅萬能晶片**。」

「你點解需要佢？」

「我有絕症……血癌。年頭睇醫生話我得返兩個月命，但結果俾我捱到而家……**捱到嚟呢一關**。」杜少望向門嘅方向，「所以我一定要穿過道門去到外面。你呢？你又點解要加入『Dark Flow』？」

「咪貪佢人工高同福利好。我本來嘅職位只係『稻草人』，純粹係誤打誤撞嚟到呢度。」

「啊……係嗎，聽完又有返啲印象。但Me姐唔係畀咗黑卡你搵人咩？點解今晚仲要返嚟呢度？」

我有啲意外佢居然知道黑卡嘅事。

「我有個人想救，同埋想提醒其他同伴今次『事件』好危險。」

「哦，即係忽然偉大。」

「經歷完劫難人係會學識成長。」我充滿氣勢咁反擊。

神奇既係，呢刻我最先諗起並唔係「戰略部」嘅同伴，而係「獨男」同「小詩」經歷過嘅事。

雖然我哋「戰略部」嘅人甚少討論到呢點，但種種跡象都顯示，「怪物」好有可能本身就係人類。而我之前見到既畫面，九成九就係佢哋仲健在時所發生嘅事。

「呢個世界實在太多悲劇……可以嘅話，我想試下幫得一個得一個。」

杜少用意味深長嘅眼神望咗我一眼，然後指向 A4 紙嘅右下角。

「你係呢步，小心咪劃錯。」

「啊……對唔住。」結果都係型唔過三秒。

「既然係咁，我哋咪試下一齊捱過去……到時你救到人，我又醫到病，皆大歡喜。」

唔知係咪知道佢有絕症內心產生同情，呢刻望佢的確冇一開始咁乞人憎……點都好，只要確定雙方都有共識，目標係離開呢個鬼地方就得，其他嘢將來再諗。

「唔怪得你之前咁夠膽，係因為你已經時日無多……」而家諗返佢每個舉動都真係一額汗。

「我已經堅持到呢度，話晒呢次可能係最後機會，冇理由唔去盡啲。」杜少劃完下個圓圈後接住講：「只係，我有時反而會覺得……**所有嘢都太過順利**。」

「順利？」

邊忽順利？我當然冇辦法理解，話晒佢B Team嘅同伴唔係死咗就係好似阿平咁成為「怪物」一份子。

「我嘅推斷幾乎清一色都中……」佢個樣唔似係自誇緊，而係真心覺得匪夷所思。「真係會有咁巧合咩？」

「你想知係咪巧合，咪試下再分享一個囉。」我提議。

「譬如話……」杜少重新指向門嘅方向，「我發現嗰個掃地阿伯殺死阿Joe之後，一直就維持住腰痛嘅狀態。」

講起上嚟，的確好似係咁。

「咁係咪代表，每次循環佢只係有能力殺死一個人，只要我哋其中一個肯做餌……」

——*沙沙沙*——

佢講到中途俾我前面嘅Call機雜訊聲打斷咗，唔通係成功接通咗？

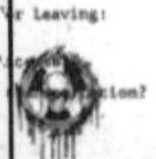

——沙沙沙沙喂，聽唔聽到——

我第一下幾乎認唔出係 Me 姐。一來 Call 機本身音質係會帶嚟差別。二來，佢俾我嘅感覺好似係啱啱喊完咁……？

「聽到！」我迅速回應。

——你唔係杜少……呢把聲……係阿 York ？

「係！犀利，妳咁都估到……」

——阿 York 你唔好講嘢住！我驚部機撐唔到沙沙沙沙……你而家係咪都玩緊過三關？

「係……」

——咁聽住，守門口嘅人剩係得一個，即係話……

杜少聳聳肩，繼而露出一個意味深長嘅微笑。

——只要犧牲一個人，其他人就可以沙沙沙沙沙沙沙——

Me 姐把聲好快就俾雜訊所取代，但就算唔使聽晒，都大概知道成句係點。

只要犧牲一個人做餌俾「掃地伯」殺死，其他人就可以走。

問題係，而家就只係得返我同杜少兩個人。

而且好明顯，冇人會願意作出犧牲。

等到雜音徹底消失，現場再一次變到寂靜無比。

「又俾我估中一次。」杜少換張新紙之後講：「準確到就好似俾人掌控住一樣。」

「掌控？」

「你知唔知你手上面部 Call 機點嚟？」杜少突然問。

「咪你頭先俾我……」

「我係問佢原本放嘅位置。」

「你條腰個黑色袋裡面？」我答完都係理解唔到佢點解突然咁問。

「係……你唔覺得奇怪咩？既然班『怪物』識得放毒整暈我哋，點解抬我哋過嚟嘅時候唔順便沒收埋啲私人物品？」

佢唔提我又真係冇諗過呢點……唔單止手機，就連小詩留低嘅鎅刀都仲喺我褲袋裡面。雖然勉強叫做武器，但喺俾一班「職員」重重包圍嘅情況下，一把鎅刀根本做唔到啲咩，所以我之前先一直無視咗。

「會唔會因為……」我望一望周圍好似扯線公仔一樣嘅『職員』們，「佢哋都係聽命令做嘢，未醒到呢個地步？」

「我比較傾向相信一點……**就係佢哋一早預想到會有呢個局面**。」杜少換個銳利嘅眼神講，隨即喺腰袋裡面拎出一枝手槍。

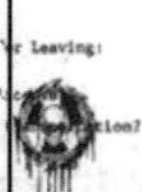

「你咁做係咩意思？」我問。

「你既然入得『Dark Flow』，蠢極應該有個譜嘅。假如要搵人做餌，或者好似Me姐咁講『要犧牲一個人』嘅話……嗰個人一定唔係我。而喺呢個弱肉強食嘅世界，有力量嘅人自然有辦法掌控局面。」

Shit！等我頭先仲話佢冇咁乞人憎，估唔到條友突然就反面唔認人。

「但頭先Call機入面嗰個你點肯定真係Me姐？萬一又係『怪物』假扮呢？」我嘗試力挽狂瀾。

「如果佢唔係聽落似喊完嘅話，我可能真係會懷疑佢嘅身份……」只係，杜少都講中咗我內心嘅諗法，「到你劃圈啦。我頭先有認真觀察過你，我估你身上面應該係冇槍，最多得把刀之類嘅嘢。你慢慢拎隻手出嚟，千祈唔好諗住出古惑。你知啦……我有病，而且仲病得唔輕，隨時唔小心開錯槍。」

「你唔會敢開，」雖然把口係強硬，但俾槍指住我都只有照做，慢慢伸出右手喺正確位置劃咗個圓圈。「我死喺度嘅話，你都唔會有好下場。」

「冇錯呀，所以做餌正正就係你唯一嘅機會。好，跟住我要你將褲袋裡面所有嘢拎出嚟。」

我有一瞬間考慮過用小詩把鎅刀反抗，又或者挑戰一下小李飛刀。但試問刀又點會夠槍快……條友仲要話做過傭兵，好似都係博唔過。

我先將左邊褲袋入面嘅手機拎出嚟，然後輪到右邊褲袋……就喺我掂到鎅刀刀柄嘅一刻，手背居然傳嚟異樣嘅觸感──係一件好細嘅硬物。

「到你啦……唔好再慢吞吞，快啲拎晒所有嘢出嚟。」

我先擺出鎅刀，之後輪到一粒同尾指指甲差唔多大細嘅螺絲。因為真係太細粒，所以之前一直都察覺唔到。喺白光照耀下，可以見到螺紋位置有粒開關掣，仲可以見到螺絲釘頭上面刻咗四粒字──

【歸還意志】

「係咩黎？」杜少瞇起雙眼問。

「螺絲釘，但睇落唔似係普通嘢。」我如實講：「不如你直接睇喇。」

我將粒螺絲擺喺檯中央。杜少可能驚有詐，所以猶豫咗幾秒先拎上手，再問：

「呢粒嘢係 Me 姐畀你嘅？」

「唔係，我都唔知點解會喺褲袋裡面。」

一講完，腦海裡面突然浮起一個人選……唔通係 Leon？

「歸還意志……」杜少注意到釘頭上面嘅文字，「新仔，你有冇諗過點解班『怪物』會將我同你分配成同一組？」

「造成而家呢個局面嘛，」我盯著仍然對準住自己嘅槍，無奈咁講：「你頭先已經講得好清楚。」

「係，班『怪物』……應該話搞出呢一切嘅真凶知道我有病，知道我為咗生存可以去到幾盡。換轉你係我諗法可能都係一樣，千辛萬苦嚟到呢度，點可能輕易放棄？佢就係利用呢點想嚟一招借刀殺人。」

「借刀殺人……搞咁多嘢就係想殺我？」

可能見到我眉頭皺得越黎越勁，杜少冷笑一下之後接著講：「睇黎 Me 姐真係乜都冇同你哋講。又係嘅，**真相就好似毒藥咁，講出嚟未必對件事好**。」

「你哋之前果然有見過……」我歸納埋之前嘅對話最後得出呢個結論：「都搞到呢個地步咯，你有嘢咪講清講楚囉！」

杜少聽完正想回應，偏偏呢個時候又過咗三十分鐘……

「今日有人離職，係時候食散水餅囉！」旁邊嘅『女職員』大喊。

呢刻，我終於有種好似準備上死刑場嘅感覺。

「你行先。」杜少企起身，槍頭依然係指向我，「一陣拎完散水餅之後，你就照阿 Joe 頭先咁，先掉走件蛋糕，然後一直跑去門口……如果你身手夠敏捷，或者可以避開阿伯嗰一招。」

比起「掃地伯」既一招，我更加想避開佢枝槍。

或者我應該趁「職員」湧去拎散水餅嘅時候反其道而行，向住遠離門嘅方向一直跑，賭佢喺咁黑嘅環境下射失，再起勢咁跑，直至搵到第二個出口為止。

問題係，喺體力已經有所下降嘅情況下，係咪又跑得過周圍呢班「職員」？就算搵到第二道門，會唔會都有第二隻「掃地伯」守住？計落，好似行邊條路最後都係死路一條……

轉眼間，我同杜少又再一次去到擺滿晒散水餅同嘢飲嘅茶水間。

「新仔，你覺得人有冇辦法獲得真正嘅自由？」杜少揀散水餅嘅時候，槍頭都係一直指住我。

「唔好懶哲學喇。」我回應：「你都未答我同 Me 姐見面嘅事。」

「就好似呢堆散水餅咁。」杜少選擇無視我，「班『怪物』，或者呢個空間好似已經預計到我會拎返粉藍色嘅蛋糕同水，已經好貼心咁放咗喺近啲嘅位置。」

佢唔講我都真係留意唔到呢點。

「如果我喺呢個時候跳去揀紅色蛋糕同檸檬茶，咁算係我嘅自由意志，抑或佢哋都一早預計到呢點？」佢最後拎起一件黃色蛋糕，「事實係，自從七歲嗰年生日阿爸飲醉酒一手將件蛋糕拍落我塊臉之後，我就好憎食蛋糕。只係喺呢個環境下……我實在冇得揀。」

等到我都拎埋散水餅，周圍嘅「職員」隨即開始湧過嚟。如果我真係要行 Plan B 選擇逃走，過多十秒之後就係最佳嘅時機。

「我知道你想走……」就喺班『職員』喺杜少身邊經過嘅時候，佢再次用洞悉一切嘅眼神望實我。

「但你真係覺得自己會走到？」

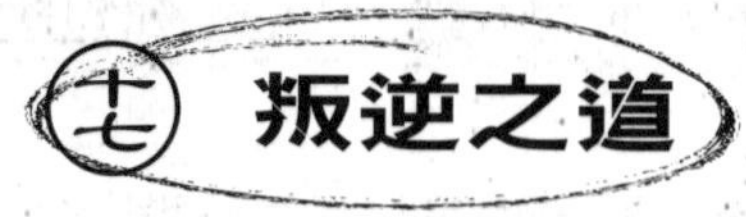

十七 叛逆之道

【旁白】

杜少自細喺單親家庭長大，十三歲嗰年同阿爸鬧咗場大交之後選擇咗離家出走，之後就一直過住流離浪蕩嘅日子。

為咗有地方落腳，佢喺一群損友嘅引領下加入咗黑社會。就係咁渾渾噩噩過咗七年。當杜少因為犯案俾人捉到第三次嘅時候，佢喺監獄裡面認識到佢嘅前老闆。前老闆睇中佢嘅機智同才華，推薦佢到外地做保鏢工作，後來甚至成為幫人解決問題嘅僱傭兵。

壞人佢經常殺，好人亦都殺過唔少……唔知由幾時開始，正邪對佢嚟講已經唔再重要，最重要係點樣喺呢個充滿惡意嘅世界生存落去。

而所謂嘅生存，唔係指黑社會時期好似過街老鼠咁苟且偷生。而係拼盡全力、無怨無悔、每次都可以喺死神鐮刀旁邊擦身而過，然後痛痛快快咁大笑一場……

三十七歲前嘅日子，杜少就係咁樣過。

直到上年年尾平安夜，身處荷蘭忽然感到寂寞嘅杜少走咗去幫襯當地一名妓女。完事閒聊期間對方提到自己平時有做開身體檢查，同時建議面相麻麻地嘅杜少去檢查一次，之後佢又真係走咗去驗……結果就係咁驗到有絕症。

——你只係剩低兩個月命，可以嘅話，要盡快處理好身後事——

橫衝直撞咗三十幾年人，杜少從來冇想像過自己會輸俾一個病。佢知道一般醫藥唔會有效，所以嘗試聯絡過去同佢有交情嘅人，睇下有冇機會搵到啲偏門嘅治療方法。

就係咁，佢聯絡到「Dark Flow」嘅細老闆 Beely。

當晚喺酒吧，Beely 簡直係盛情款待，又拍晒馬屁，話早就聽過杜少呢個大名，有一刻杜少真係分唔清邊個先係老闆。

明明佢先係有求於人嘅一方，但總係覺得對方更加需要自己──佢一直有種呢奇怪嘅感覺。

入咗「Dark flow」之後大半年嘅日子……簡單而言，就係**無聊嘅扮工**。

明明可以每星期都面對唔同嘅「怪物」，體驗到從來未經歷過嘅刺激。但 Beely 委託畀佢嘅任務，居然係守住公司大廈嘅正門。

話就話俾「怪物」離開大廈後果會好嚴重、但結果每次「事件」班「怪物」都係冇出現過喺大堂。最多都係喺一二樓徘徊，彷彿佢哋根本走唔到一樣。

雖然係無聊嘅扮工，身邊又係一眾冇靈魂嘅膽小之輩。但杜少依然選擇堅持落去，因為佢始終記住 Beely 提過嘅一個重點。

只要一直守住唔死，「大事件」終有一日會降臨。

結果，杜少守門口守咗足足九個月，比起醫生提供嘅「死期」足足拖長咗大半年。以急性血癌嚟講無疑係超額完成。但杜少當然唔滿足，佢唔可以死，一定要生存落去……

就算，Me 姐喺人質事件之後單獨約佢出嚟，提到一場所謂嘅「控制實驗」……杜少聽完依然係冇改變到佢嘅諗法。

佢始終深信，好快就可以喺異空間裡面搵到萬能藥，拯救垂死嘅自己。

⊠

然後，時間返到現在。

「我知道你想走……但你真係覺得自己會走到？」

就喺呢個生死攸關嘅時刻，杜少做咗件令方璟佑非常錯愕嘅舉動——佢先係放低槍，然後將鎅刀同神秘螺絲遞畀方璟佑……

「冇左我，你一定做唔到。」

「你……咁做即係咩意思？」當刻，方璟佑只係覺得杜少食蛋糕食壞腦。

「頭先玩過三關嗰陣，我趁你唔為意揿咗螺絲上面粒掣。」

「吓？咁可疑你都敢揿？」

「嗰刻我腦海閃過一個片段，有個自稱馬凱博士嘅人同我講咗一大輪嘢。」

明明講咗好耐，但現實只係過咗一秒鐘。而且所有嘢、所謂嘅「真相」，同 Me 姐當晚分享嘅事大致上係吻合。

問題係，馬凱博士講嘅嘢到底係真，抑或只係一場引誘自己上當嘅騙局？

就好似當日 Beely 利用萬能藥引誘自己一樣。

到底邊一邊先係可信？行去拎散水餅嘅呢段路，杜少一直喺度思考，內心進行緊一場天人交戰。

直至，佢注意到蛋糕擺放嘅位置唔同咗，好似有「人」已經預知到自己會揀粉藍色蛋糕咁……當刻佢終於茅塞頓開。

「我乜都估得中，唔係因為我叻，而係面前呢個粗糙嘅系統照我嘅諗法去調整……」

明明局勢已經去到近乎混沌嘅地步，杜少嘅思緒卻係清晰無比。

「佢哋利用我哋所渴望嘅嘢嚟控制人心，等我哋心甘情願去成為棄子。」

假如，眼前呢個男人真係如 Me 姐所講，有能力修正成件事嘅話……

「唔理控制我哋嗰個『人』係邊個，我絕對唔會俾佢得償所願。」

咁放佢走，先係做緊一個最忠於自己，**「生存」概率最高嘅辦法。**

「你有嘢想知就自己去問清楚 Me 姐，冇時間喇！」

說罷，杜少率先邁開腳步向大門嗰邊直衝。

「跟實我！慢半步就會一齊死！」

當刻，以前經歷過九死一生嘅情景喺杜少腦海急速閃過。雖然佢而家係負責做餌，但佢有信心會俾阿 Joe 做得更好……

即將跑到大門之際，分隔板後面突然殺出一個身影——果然又係「掃地伯」，佢呢刻已經唔再腰痛，雙手高舉掃把，用迅雷般嘅速度向下一斬。

最初，跟喺後面跑嘅方璟佑仲以為杜少成功避開咗，甚至仲搵到時機開槍，「砰」一聲正中「掃地伯」嘅額頭。

「啊！？」

但就喺下一瞬間，鮮血喺杜少右腳濺出——佢上半身係避過咗，下半身偏偏差半秒，成條右邊小腿俾「掃地伯」斬斷，繼而失足倒地。

「走啊！」杜少用盡力量咆哮。

扭開門柄嘅同時，方璟佑不禁向後望，見到一班「職員」用幾乎係奧運短跑選手嘅速度直奔緊過嚟，只要慢幾秒都會俾佢哋搭膊頭，成為佢哋一份子。

但多得杜少，方璟佑最終順利推門穿到另一邊，門亦因為呢下而徹底消失……

「嗄……哈……哈哈……」

雖然斷咗右腿，但杜少心中嘅暢快感，足夠令佢忍受劇痛。佢一直爬，爬到附近嘅一張檯隔籬挨住休息。

神奇嘅係，班「職員」喺門消失之後並冇了結佢。而係企喺佢周圍，保持一定距離，眼定定咁望實佢。

因為失血，杜少感受到自己越嚟越虛弱。就喺佢考慮緊應唔應該吞槍自行了結嘅時候，之前一直負責監視佢同方璟佑嘅「女職員」大駕光臨，步姿優雅咁行到杜少面前，隨即又臉露青筋咁咆哮：

「你頭先點解唔按程序辦事！？」

「反正，妳將所有嘢都控制得咁準，大可以連我呢個選擇都計算埋……」

杜少抬頭，注意到「女職員」表情由憤怒轉成運籌帷幄般嘅奸笑，隨即嘆咗口氣。

自十三歲嗰年離家出走，杜少就冇停止叛逆過。唯有叛逆，先可以令佢體驗到何謂自由嘅感覺。今日得悉自己一直俾「人」操控住，佢已經懶得深究邊一方先係「正義」。

佢剩係想把握有限嘅生命，盡全力叛逆多最後一次。

「我唔撈啦……我要搵老闆辭職。」杜少笑著講。

與其做人哋嘅即棄棋子，倒不如死咗去更輕鬆──杜少已經作出決定。只係，「女職員」就好似知道佢心底裡面諗緊咩一樣……

「輕鬆？」女職員問，佢緩緩彎低身，嘴唇幾乎就快貼喺杜少耳邊，「點會俾你咁輕鬆？」

呢個時候，杜少因為失血過多已經虛弱到神智不清，自然都無力反抗。佢腦海開始閃過一堆片段，其中一張曾經睇過嘅舊照片尤其清晰。

「我終於知道，點解我覺得妳好熟口面……」

只係呢個名，佢就算有力講出嚟，都唔會有人聽到……

一來，佢所謂嘅同伴都已經死晒，就連方璟佑都走埋……

二來，呢刻周圍嘅「職員」全部都喊得好淒厲，彷彿可以感覺到佢哋內心有股無窮無盡嘅哀傷……同埋絕望。

唯獨佢面前嘅「女職員」，依然冇停止過奸笑。

Past Employment:
(Most recent first)
To ____ From ____ Position Held ______ Type of Business ______
Reason for leaving:
To ____ From ____ Position Held ______ Type of Business ______

Skills:
Typing ____
Machines, Keypunch ____ Computer ____ Calculator ____ Other ____

Chapter: 17
叛逆之道

Interests:

Name:

1 NOV 71
DOD PRESCRIPTIC
FOR (Full name, address, & phone number) (If under 12, giv
John R. Doe, HM3, USN
U.S.S. Neverforgotten (DD 1
MEDICAL FACILITY
U.S.S. Neverforgotten (DD 178)
(Superscription)
(Inscription)
Tr Belladonna 15 ml
Amphogel qs ad 120 ml
(Subscription)
M & ft Solution
(Signa)
Sig: 5ml t.i.d a.c.
Invoice texts compared with RSK samples
Invoice 1
Invoice 2
Invoice 3
Invoice 4

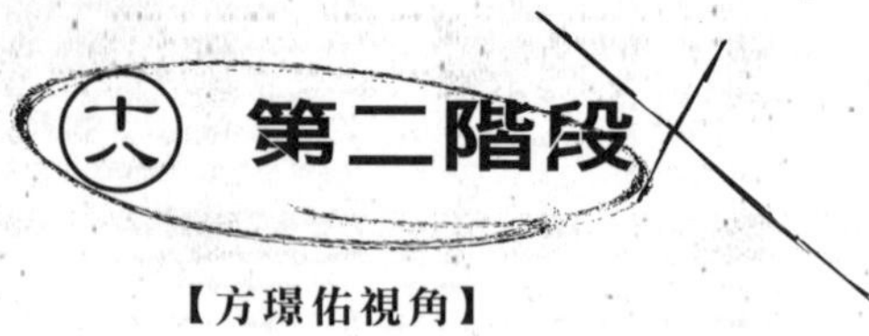

十八 第二階段

【方璟佑視角】

多得杜少突然一百八十度轉軚，我終於擺脫過三關地獄，到達門嘅另一邊。

映入眼簾嘅正正就係嗰一間發生過好多事嘅會議室。隨即見到幾張熟悉嘅臉孔——最先係額頭傷咗流緊血嘅 Me 姐，佢正喺度用毛巾幫自己止緊血，而阿和就企咗喺佢隔籬。最後係身處喺另一邊角落嘅阿 Jill……呢個組合完全係風馬牛不相及。

雖然三個人都係識嘅，但而家明顯唔係問候嘅好時機。

我再次轉身向後望，想知道杜少而家係咩嘅情況。赫然發現道門居然離奇消失，變成普通嘅玻璃窗。窗外並唔係呢間會議室嘅鏡像空間，而係一片深沉嘅黑紅色，再認真望清楚……

外面全部都係血嚟。而且深到無法見頂，成間會議室就好似潛咗入血海深處咁……

「我勸你唔好行咁近玻璃。」背後嘅阿 Jill 突然開聲提醒。

但佢提遲咗一步……突然一張蒼白瘦削嘅臉喺血海中浮現「碰」一聲直撞向玻璃窗。

「嗶！？」呢幕理所當然嚇咗我一跳，即刻向後有咁遠彈咁遠。

對方係一位中年男人，雙眼閉緊，頭髮飄散舞動嘅形態，

令我更加肯定呢間會議室正俾鮮血重重包圍。

「佢係人？定係……『怪物』？」講講下，個中年男人已經隨血液流動飄走咗。

「唔肯定，剩係知佢哋仲有呼吸。」阿 Jill 回應。

「佢哋？」

「外面仲有好多類似嘅『浮屍』。」佢接住講：「多到冇辦法數到。」

唔係啩……不過先唔理外面係點。而家道門冇咗，即係冇辦法知道杜少嘅生死。只係諗真啲，斷咗一隻腳，背後堆「職員」仲要好似地產佬跑數咁衝緊過嚟，睇怕都係凶多吉少。

假如真係要死，希望班「怪物」可以送佢一個痛快。

我重新望向 Me 姐嗰邊，見佢用毛巾按住頭，正想慰問佢傷勢……

啪！

會議室嘅燈光突然熄滅，唔使半秒又重新著返，有個男人憑空出現喺會議室中央，企咗喺張大檯上面。條友一樣係著住西裝，但同之前班「職員」唔同嘅係，佢並冇化到好似紙紮公仔咁。而係容光煥發，充滿自信。

「歡迎大家嚟到扮工鬥室嘅第二階段。」男人微笑道。

「你……」雖然分別極大，但我仍然可以一眼認出佢，「係『獨男』。」

冇諗到士別三日，佢突然由回憶所見到嘅宅男變到好似韓仔咁款。唔通所謂嘅「怪物識進化」係包埋整容？

「獨男？」佢聽完無奈笑咗聲，「你改花名真係幾唔掂。Anyway，等咗咁耐終於齊人……妳叫 Me 姐可，我希望妳可以專心聽我講嘢。」

「獨男」睇穿咗背後 Me 姐嘅企圖——佢舉起手槍，本來槍頭已經對準目標，但下一秒手上支槍居然化成灰燼散落一地。本身阿 Jill 都已經將手放喺腰間，但見到呢幕之後都唔敢再輕舉妄動。

「你哋而家喺公司嘅會議室，就只可以跟規矩做事……唔係就會被淘汰。」『獨男』講：「好！正式開始。既然你哋入得嚟呢間房，證明你哋身邊嘅人都已經死得七七八八……」

Me 姐同阿 Jill 聽完同時露出痛恨嘅表情。

「你哋有眼見，公司呢期業績下滑，所以要刪減人手……但手頭上仍然有一個晉升機會。而成功晉升嘅人，自然係會得到想要嘅嘢……譬如寶藏，又或者想救嘅人。」

我聽完腦海閃過海兒嘅樣。

「而我今晚安排呢場會議，就係想你哋自行決定邊個可以晉升。」

「獨男」好似玩魔術咁變出一個方型鬧鐘，勉強可以見到上面寫住六時六分六秒。

「你哋有一個鐘時間去落決定。被揀中嘅人要喺限時之內撳熄呢個鐘，然後就會拎到一條鎖匙，去開呢間房嘅唯一一道門……」

「獨男」所指嘅，當然係嗰道充滿痛苦回憶嘅門。俾阿 Jill 反鎖跌入異空間、首次遇見「怪物」、仲有俾刀插心口……

「只有開門嗰個人可以離開呢度，**去迎接屬於佢嘅『理想目標』**。不過問題嚟啦，你哋四個人入面，有兩個已經被人完美咁控制住。只要嗰兩個人搋到條鎖匙，呢個鐘入面嘅計時炸彈就會開始倒數。到時你哋就只可以揀一個人走……其餘嘅人就會通通炸死。」

又係炸彈……呢條友真係痴線佬嚟。

「你指嘅完美控制……即係點？」Me 姐問。

「所謂完美，就係佢哋根本意識唔到自己已經被控制。」『獨男』嘅笑意變得更濃，「係喇，再補充多句……假如你哋喺限時之內做唔到決定，個計時炸彈一樣係會爆。」

講到呢度，佢彎低腰將鬧鐘放喺張檯嘅正中間。

「你哋就好好利用呢一個鐘去做出正確嘅選擇啦，喺度先祝大家開會一切順利。」

會議室燈喺佢講完一刹那再次熄滅。到下秒著返嘅時候

「獨男」已經消失咗，唔知真係以為自己睇緊一場魔術表演。

「而家即係點先？」我率先開口，「辦公室狼人殺啊？」

結果冇人回應。我忽然有種感覺，就係我嚟到呢度之前佢哋可能係嘈過一輪，所以氣氛先會咁尷尬。同時，又不禁懷念起杜少……佢份人雖然係奇奇怪怪，但起馬都叫做識得畀反應人。

之後嗰一分鐘繼續係冇人出聲。我哋只係眼定定咁望實檯上面嘅鬧鐘，直到時間去到六點零七分……

「你哋嚟咗呢度好耐？」我鼓起勇氣打破沉默。

「早你少少。」Me 姐簡短回應，呢刻佢已經順利止血，望住我露出一個試探嘅眼神：「阿 York，你穿過道門之前係同緊邊個一齊？」

「咪杜少……」我回答。

「點解佢會肯犧牲自己？」Me 姐繼續追問。

「我都想知。」我真心回應：「成件事一匹布咁長……等陣先，妳唔係懷疑緊我嘛？」

「懷疑係好正常，上次『假人』件事仲未玩夠咩？」

妳咁講又有道理。

「但我感覺你似係真……算喇，既然佢有能力控制我哋，應該唔使再用呢啲賤招……」

「妳真係信個『獨男』？」我問：「條友成日都靠嚇，上次仲水我哋打麻雀……」

「水我哋打麻雀嗰個係你。」Me 姐無情矯正我：「同埋佢最後送嗰份炸彈就唔係靠嚇。」

我聽完下意識望向 Me 姐之前受傷嘅左腳，見佢著嘅黑絲穿咗個窿，應該係擦傷做成……

「咁你再答我……你唔係同士巴拿去咗搵狗咩？點解又會入咗嚟異空間？」

「係小詩叫我嚟。佢同我對賭，只要我可以救到海兒，佢就會歸還返所有嘢……但我想入嚟嘅時候遇到阻滯，好彩遇到妳阿哥。」我將目光移到阿 Jill 身上。

阿 Jill 聽完並冇感到太大意外，都合理嘅……Leon 始終參與過「事件」，就算之後有機會聯絡，都大概估到佢今次會現身。

「咁佢有冇事？」阿 Jill 嘗試保持冷靜咁問，言語間聽得出佢非常擔心 Leon 嘅狀況。

「我唔知。」我搖搖頭，「一入到嚟我就中招俾『怪物』捉走，佢有防毒面罩所以冇事走甩咗……」

「咁我哋唔好再浪費時間。」阿 Jill 重新望向鬧鐘嗰邊，「我哋要諗下點解決檯面呢單嘢，最好盡快搵到合適嘅人去撳停個鐘。」

「問題係我哋唔知邊兩個人俾『怪物』控制住，冇任何資訊點會揀得啱？」Me 姐講。

嘩，隔咁遠都聞到陣火藥味……睇嚟我頭先嘅估計係正確，希望情況唔會進一步惡化成兩個女人嘅擂台。

「好……」本來以為阿 Jill 會反駁，結果佢居然選擇讓步，「咁妳打算點做？」

「我哋要先預咗情況可能同頭先過三關差唔多，即係隨時會有突發嘢發生。」Me 姐明顯係猶有餘悸，「我哋盡量喺二十分鐘之內做決定。先抽幾分鐘時間講返各自嘅經歷，或者可以喺過程中觀察到有冇異樣。」

「我就直接講慳返啲時間……」阿 Jill 抱胸回應：「因為事情已經好明顯，我有兩個阿哥死嗮陣雙手雙腳都仲係俾你哋鎖住。」

「我已經盡咗力去爭取，甚至連妳大哥託付枝槍都冇猶豫，畀埋妳去保護佢哋。」

我聽完終於恍然大悟，唔怪得阿 Jill 明明身為人質都有槍，原來係 Me 姐提供嘅……

「冇人估到班怪物玩到催眠氣體呢招。」

「你哋應該要估到，唔係憑咩叫自己做『戰略部』？」

「好喇我唔想再嘈……」今次輪到 Me 姐冇反駁，佢先坐喺一張櫈上面，叉起二郎腿，嘆咗口氣之後講：「既然妳講完，咁下個輪到我。」

Me 姐同樣經歷咗過三關挑戰。當時坐佢對面嘅人係 Sally，而熱問同 Andy 就坐咗喺佢哋附近……

開局情況可能同我嗰邊差唔多，但佢哋嘅解決方法就截然不同。令我非常震驚嘅係，Me 姐嗰邊花嘅時間俾我哋長得多──佢哋足足輪迴咗五十次，加埋鐘數足足係一日有多。

去到第七次嘅時候，Me 姐注意到茶水間散水餅嘅最大數量，每經歷一次輪迴之後都會減少一個……

之後佢哋一齊鼓勵對方，互相扶持，直到第五十次……因為散水餅冇晒，所以半個鐘嘅固定事件並冇發生，「職員」們亦都紛紛離開，時間成功突破咗去到六點三十七分……

「我哋因為咁鬆懈咗。」Me 姐講：「明明可以試下等到夠鐘，但熱問同 Andy 一心想救海兒，所以決定闖門……」

結果 Andy 俾埋伏嘅「掃地伯」斬斷雙腳，熱問想救佢結果俾折返嘅「職員」捉住，下場同阿平一樣。

「多得佢哋……令我搞清楚要犧牲一個另一個先可以走。」Me 姐一路講，渾身散發出嘅恨意就越濃。

Andy 嘅死令到 Sally 大受打擊瀕臨崩潰，佢知道自己冇辦法堅持落去，亦都唔想喺一個 Andy 理解唔到佢嘅地方生活落去。所以佢選擇犧牲自己，等 Me 姐可以穿過道門。

沉重咁解釋完後，Me 姐望向我講：「到你。」

我嘅情況相信大家都好清楚，就唔喺度重複一次……只係一路講一路俾三對眼望實，感覺就好似返番去以前大學面試咁樣。

「杜少喺最後一刻叫我問清楚妳所有嘢，佢話妳有好多嘢瞞住冇同我哋講……」我一路講一路諗返佢當時嗰句。

「睇黎 Me 姐真係乜都冇同你哋講。又係嘅，真相就好似毒藥咁，講出嚟未必對件事好。」

「哈，」Me 姐冷笑一聲，「真係俾我估中，條友真係唔識守秘密。」

「然後我一直係咁聽到『控制』呢兩個字，到底係邊個想控制我哋？班『怪物』？Beely？定係 Mr.White……」

「我其實知道嘅嘢都唔多，大部份都係佢阿哥話俾我知。」Me 姐重新望向阿 Jill，「或者佢會比我更加清楚。」

「你哋頭先咁樣已經用咗差唔多十分鐘，真係仲要無止境咁講落去？」阿 Jill 反問。

「其實都係俾機會妳證明自己。」Me 姐講。

「我都想聽。」之前一直沉默嘅阿和終於開口，「York，你頭先提到改變杜少嘅嗰粒螺絲……我都有。」

阿和展示佢掌心嘅一粒螺絲。雖然距離有啲遠，但都幾肯定同我手上嘅係一樣。

「係我同架叔避難嘅時候搵到。」

原來除咗Leon，穩陣派嘅架叔一樣有隨身帶住防毒面罩，仲要有多個後備俾一齊巡邏緊嘅阿和，所以兩個人都成功避開咗催眠氣體嘅攻勢。只係避得一時避唔到一世……班「怪物」最終都係搵到佢哋。

「本身係架叔保管住，直到佢準備俾班『怪物』捉走先轉交畀我……」阿和望向阿Jill，「我揿完之後見到馬凱博士，係佢打通某道門等我可以嚟到呢度……仲話時間有限，叫我見到妳嘅時候先問清楚所有嘢。」

「佢……仲講咗啲咩？」阿Jill聽完之後問。

「**妳仲有得揀**。」阿和回應：「佢話妳聽完呢句一定會信我講嘅嘢。」

阿Jill聽完睜大咗雙眼，我決定趁機會再乘勝追擊……

「Jill，之前講過要聽妳親口解釋，我覺得而家就係時候。」

「好……我唔應該猶豫，反正呢堆訊息『對家』都肯定好清楚。」阿Jill低頭深呼吸咗口氣，接住講落去：「就喺我十歲嗰年，Beely突然上門搵我義父……即係馬凱博士，邀請佢參加一個『計劃』。」

【絕對權力實驗】

呢個「計劃」嘅終極目的，就係要透過一切手段──完美咁「控制萬物」。

十九 絕對權力實驗

根據阿Jill嘅描述，呢座大廈嘅前身係一間有返咁上下歷史嘅寺廟。

一位喺附近住咗成世嘅九十八歲婆婆曾經講過，嗰間寺廟主要作用唔係俾人求神，而係封印住一件「好邪門」嘅嘢。

五十幾年前，當時有間發展公司唔信邪，拆咗間寺廟打算起樓。之後嗰短短三個月，負責該項目嘅十四位工程人員先後以唔同方式死亡——墮樓自殺、過馬路俾貨車撞、哽到魚蛋窒息……

當事情發展到連只係負責清潔嘅阿伯都俾斷開半截嘅掃把棍插中後腦而死。間發展公司終於認命叫停項目……但結果都逃唔過半年後破產倒閉嘅命運。

如是者過咗大約三十年後，一位叫做Mr.White嘅神秘商人接手咗呢塊地，之後由得塊地空置，冇作任何處理……

一直到麥士承（Beely）出現。當時只係小職員嘅佢瞞住上頭偷偷走入圍封嘅領地深處，即係當年工程人員最後挖到嘅位置……結果俾佢發現到一樣嘢。

一本書。

「比起書……更加係一部裝置。」阿Jill講。

一部有意識的裝置。

不論書身定係內部頁面全部都係透明。總共五十六頁，會識得接收外界嘅動作同指令作出合適嘅回應。

「聽落就好似AI（人工智慧）咁。」阿和講。

「有分別，但咁諗係容易理解啲……Beely知道呢本書價值非凡，利用今次發現成功說服Mr.White，批准佢接手呢個地方。」

「佢哋應該知道上家發生過咩事㗎？」我驚訝，「仲敢玩？」

「一班癲人，有咩唔敢？」Me姐回應。

「本書嘅複雜程度遠遠超出佢哋團隊嘅認知。所以Beely去咗搵我義父馬凱博士出山幫手。義父先將其命名為『Alpha』，經過半年時間親身接觸同研究，終於得出結論——**『Alpha』嘅技術水平超越而家人類科技至少一百年——唔係來自外星，而係遠喺十四億年前，由當時文明所遺留落嚟，亦可能係嗰個文明唯一尚存嘅「產物」。**」

過去曾經稱霸過地球嘅物種，以及佢哋存在過嘅痕跡，已經隨住漫長歲月徹底消失殆盡……

……大概係基於呢個原因，所以「Alpha」先會不斷向外界發放一個訊息。

「再俾多次機會我……去制止你哋必然滅亡嘅命運。」

「聽落好似冇咩說服力。」我忍唔住講。

畢竟創造佢嘅文明已經滅亡咗。

而且，根據一般科幻戲嘅邏輯，我絕對有理由相信搞到佢哋滅絕嘅，就係呢件剩低落嚟疑似AI嘅死剩種。

「你哋兩位老闆唔係咁諗……佢哋明顯對人類滅唔滅絕一啲興趣都冇，而係睇中『Alpha』嘅『控制』能力。佢可以粗暴咁控制人類，做一啲會令佢哋走上絕路嘅行為；亦可以計算機率，引導悲劇發生……不過真正犀利嘅，係本書對人心嘅準確預測。」

當廢墟演化成為高樓之後，極其殘忍嘅事情開始不斷喺呢座冰冷嘅建築底下發生。

由直接送一班死囚入實驗場，單靠對話就成功引導佢哋用各種唔同方式送自己上路；到大規模控制一班無辜嘅人，明明原先係好友……到為咗利益自相殘殺。

慢慢「Alpha」嘅控制範圍由地底擴展到地面。開始有唔熟該地段歷史嘅公司因為貪租金平搬入，結果引發一場又一場慘劇。

「小詩……」我聽到呢度諗返起佢同「獨男」嘅往事。

「而實驗嘅下一個階段，就係『Dark Flow』同埋你哋『戰略部』。有班人根本唔知自己幫緊嘅係咩公司，只係想搵啖飯食。而有另一班人，就好似你哋咁……」

「**利用我哋所渴望嘅嘢……等我哋心甘情願去成為棄子。**」我諗返起杜少講過嘅嘢，「既然妳講到『Alpha』咁犀利，直程可以當我哋扯線公仔，點解仲要浪費時間玩咁多嘢？」

「因為佢嘅實力依然被限制住，影響範圍一直離唔開大廈，要透過不斷運作同發揮先可以持續增強……」

「感覺真係越聽越似AI……」

「但比起呢點，」阿Jill接落去：「我同大哥都傾向相信佢仲有其他目標。」

「而Beely嘅死就係佢徹底失去控制嘅證明。」Me姐講：「阿Jill，我都幾肯定我同妳是但一個係俾佢控制住。」

「嗯，有同感。」阿Jill講：「我哋嘅目標太清晰，佢有可能放過咁好嘅機會。」

「所以，我諗最終都係二揀一。」Me姐將目光由阿和轉到我身上。

我依稀感覺到佢哋仲有嘢隱瞞緊，特別係「其他目標」呢件事。正想開口試探下，點知會議室又一次俾人玩燈——熄完又即刻著返，今次檯上面出現咗兩個人……一位自然係脫胎換骨嘅「獨男」。

「已經十五分鐘喇……唔知你哋心中有人選未呢？」

至於另一個笠住黑色頭套，著住啡色囚衣嘅男人係邊個？我重新望向其他人，最後通過阿和嘅眼神鎖定咗答案。

「睇嚟未……咁我唯有出手喇。」

「獨男」伸手用力搣走囚犯嘅黑色頭套——果然係架叔，佢成頭都係瘀傷，明顯係之前俾人毒打完嚟。

「架叔！」阿和激動到想上前，但Me姐反應過嚟即刻拉住佢。

「啊……」架叔望向阿和，「和仔，你冇事就好。」

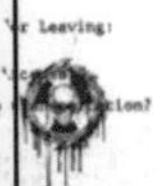

「佢哋係咪真係可以冇事，都好睇接住落嚟嘅造化。」

「獨男」講完嗰下我背脊突然傳嚟寒意，而且感覺熟口熟面……

「垃圾……我要清理垃圾……垃圾喺邊度？」

係「掃地婆」，佢居然憑空出現咗喺我背後……

「唔好亂郁呀。」『獨男』提醒。

而且唔止我，Me 姐阿和阿 Jill 背後都同時出現咗「掃地婆」。

「你哋嘅任務就係要傾掂數，揀一個人出嚟拎鎖匙。至於我……」

「啊！？」架叔慘叫。

「獨男」一腳將架叔踢到跪低，成個畫面就好似準備行刑咁。

「……就係負責鞭策大家。」

佢隨即拎出一舊嘢貼咗喺架叔嘅後頸位置，發出一下令人心寒嘅「噠」，疑似啟動咗某件不祥之物。

「你哋有一分鐘時間，珍惜。」

「獨男」講完就退後咗兩步，舉起右手望住手腕嘅名錶，一臉若無其事咁。

但我諗在場其他人都好清楚，佢頭先到底啟動咗啲咩。

「Me 姐……幫我望下係咪計時炸彈？」架叔問。

「係。」

「哈……」架叔聽完反而好似鬆一口氣咁笑出聲，「頭先俾後面條友暴打完，都估佢平日積積埋埋唔少怨氣，肯定咁易就放過我……好喇，總之你哋盡量退後，聽我講……」

佢先望向阿 Jill。

「Jill，架叔永遠唔會認同你哋嘅復仇手段……但都明白呢個世道，有啲決定係無可奈何。」

之後輪到 Me 姐。

「Me 姐，自妳加入公司以嚟，做嘅所有決定都冇令我失望過，我敢肯定今次都唔會。阿和……咳！」架叔講到呢度吐咗口鮮血，「我知你一直好迷茫，但冇所謂㗎，架叔都經歷過你呢個年紀……知道嗰份好想搵嘢做但又做唔到嘅無力感。放心喇，時間最終都會為你帶嚟答案。」

「嗯……」阿和點咗下頭，「我明白喇。」

最後，架叔係望向我。

「York 仔，我同你相處唔耐，其實冇乜想同你講。」

「等陣先，計落阿和明明同我差唔多啫？」

「差好遠……你咁廢，一味剩係識無腦直衝。」

「好，時間差唔多。」

「獨男」講完又再次玩燈，著返燈之後連同我哋幾個身後嘅「掃地婆」一併消失，剩低架叔依然跪喺檯上面。

「你哋唔好過嚟！最好貼住……」

嘭————

爆炸聲響亮而又冰冷。

架叔剩低嘅下半身「碰」一聲攤落會議檯上，肉漿散落到四周甚至連天花板都有……而鮮血，就慢慢流到去鬧鐘嘅底部。

佢嘅遭遇話俾我哋知，一陣揀錯嘅話命運會係點。

「我哋十分鐘後再見。」

最後，房間角落嘅喇叭傳嚟「獨男」冷酷無情嘅一句。

二十 會議室狼人殺

架叔死咗。

呢刻我突然回想起當日面試嘅情景。雖然佢搞到我當眾出醜，但接住落嚟嗰段日子同佢經歷過唔同嘅事，可以感受到佢確實係一位可靠嘅前輩。

可恨嘅係，當佢面對死亡威脅嘅時候，我哋完全冇機會阻止。嗰短短一分鐘時間，老實講連做心理準備都唔夠……

而呢次致命爆炸，亦都計到盡波及唔到我哋，就好似刻意強調「**我哋不過係籠中鳥任人魚肉**」呢個事實。

杜少嘅自我犧牲，不過係將我由一場死局送咗去另一場死局。

「條友咁講，隨時十分鐘之後又會捉另一個人嚟處決。」可能知道時間無多，Me 姐迅速喺悲痛中恢復過嚟，「我哋絕對唔可以慌，架叔只係死喺異空間，同其他人一樣，件事係仲有彎轉……」

「『傳呼機』。」阿和提到異空間入面其中一件『寶物』，「只要搵到架叔就唔會變成行屍走肉……」

「最多係瞓返一兩個禮拜醫院！」我加入激勵大家士氣，「到時我最多搬張麻雀檯去醫院同佢打返幾圈……」

Me 姐聽完無奈咁翻咗下白眼。

「兜兜轉轉都係返去原點。」阿 Jill 怒啤 Me 姐一眼，「結果頭先講完一大輪嘢有咩幫助？白白浪費咗十幾分鐘去啲冇意義嘅地方……」

「妳係有高見一早就提出咗啦？」Me 姐反駁，「何況我冇浪費時間，妳講嗰陣我有一路搵機關，為咗試塊玻璃幾硬我連對高踭鞋都敲爛埋。」

「嘩……真係辛苦晒。」

好唔容易停咗一陣嘅女人戰爭又重新開始。雖然 Me 姐同阿 Jill 都認為佢哋是但一個被控制住，但計我話佢哋隨時兩個都係狼人（奸嘅），用嚟拖延我哋時間……

咦？但諗返轉頭，叫佢哋解釋件事嘅係我同阿和……唔通被控制嘅其實係我哋？

頂，諗到個腦打晒死結。幾分鐘之後「獨男」又會再嚟，我哋真係趕得切搵出啱嘅對象？

「條鎖匙可唔可以等我去拎？」阿和突然爆出一句。

兩個本來仲嘈緊嘅女人聽完當堂靜落嚟。

「你有信心自己拎唔會有事？」Me 姐瞇起雙眼問。

「嗯……」阿和點頭，「**因為，我可能就係嗰位『修正者』**。」

又一個新嘅「稱呼」出現。我注意到 Me 姐同阿 Jill 眼神變咗……唔通呢個就係佢哋之前隱瞞緊嘅事？

喂，有冇搞錯呀……在場真係得我一個係乜嘢都唔知？

「係我義父話畀你知嘅？」阿 Jill 難以置信咁問。

「係。」

「但嗰陣你唔係話佢時間有限……」

「佢係講得唔多，但全部都係重點，其他叫我問清楚妳……」

「聽落好可疑。」

「妳唔好淨係識質疑，好好聽佢講埋落去喇！」Me 姐講。

「唔質疑又點搵到個結果？一開始話缺乏資訊嗰個人明明係妳！萬一佢先係俾『Alpha』控制住呢！？」

「妳哋唔好喺度針鋒相對住先。」我終於忍唔住加把嘴：「到底『修正者』係乜嚟？」

「你唔好插嘴！」Me 姐講。

「阿 York 你收聲先。」阿 Jill 講。

妳兩個，罵我嘅時候又識得異口同聲……

「我覺得佢有權知道。」阿和望住我講，我忽然覺得佢背後好似識發光咁。

「冇……我哋冇呢個時間。」阿 Jill 斬釘截鐵咁講，用銳利目光盯實阿和，「你話自己係修正者，問題係你點證明？計牌面阿 York 嘅情況更加似。」

「係。」Me 姐和應，「利用到杜少嚟殺佢，之前佢仲會睇

到『怪物』嘅回憶，甚至同『怪物』有傷傾……」

「呢點馬凱博士有解釋……」阿和指向我，「佢係『Alpha』用嚟誤導我哋去揀錯誤答案嘅『黑棋』。」

等等先，雖然堆字完全聽唔明，但我突然有種明明係村民然後被人屈成狼嘅感覺。而且我有資訊落差，所以根本唔知應該點反駁好。

「各位大佬我真係好人嚟。」我舉起雙手講：「我唔知咩係『Alpha』同『黑棋』，目標只係想救海兒，你哋都知㗎？」

「呢點正正就係關鍵。」阿和望向 Me 姐，**「利用緊我哋渴望得到嘅嘢，從而控制我哋。」**

估唔到平時唔點出聲嘅阿和，一出手就殺我一個片甲不留。

而且，我注意到 Me 姐同阿 Jill 聽完呢堆嘢之後真係動搖了。

嘖，證明我最初嘅諗法係冇錯，呢單嘢根本就係會議室版狼人殺。我堂堂一個好人被踩到一文不值，隨時就嚟俾人舉手投票出去。

「冇時間喇。」阿 Jill 望完一眼個鐘之後講：「我覺得可以賭一鋪。」

Me 姐思考多幾秒，最後都點頭同意。

「嗯……反正都係賭個 50% 機率。阿和，一於就你去。」

唔通……真係冇任何扭轉機會？

唔係！

「仲有呢粒螺絲！」我幾乎忘記咗仲有呢樣嘢，「只要我都去見下馬凱博士，話唔定佢會有咩啟示……！」

我冇等佢哋幾個批准就直接撳掣，結果……咦？

冇任何反應。

我即刻再連撳多四下，情況都係一樣。

馬凱博士，你居然喺臨門一腳拋棄我？

「點？」Me 姐問：「佢有冇講到啲咩？」

我搖搖頭，並冇選擇老作反屈返阿和，萬一被踢爆後果可能更加不堪設想。

而且……我內心都不禁開始諗，唔通阿和講嘅嘢先係真？

「咁我過去拎。」

見一切已成定局，距離「獨男」下次出現又得返唔夠兩分鐘，所以阿和都果斷行動，無懼地板嘅血漿，行到去鬧鐘前面。

阿和先望向架叔條屍，彷彿從死去嘅人身上攞到力量。

「喺認識架叔之前，我一路都係渾渾噩噩咁過日子……而家我終於知道條路點行。」

講完一段「主角式」台詞之後，阿和一臉覺悟咁伸出手撳停鬧鐘。

………………

…………

……

咔嚓。

鬧鐘嘅隱藏機關啟動，隨即有把鎖匙喺背面跌出嚟。

雖然已經俾人淘汰出局，但我呢位村民並冇偷懶，因為我清楚自己係好人，所以過程中一直盯實阿 Jill 同 Me 姐，只要佢哋其中一個有異樣就會即刻提醒其他人。

但冇……佢哋只係一直企喺原位，認真關注接住落嚟嘅發展。

「我拎喇。」阿和戰戰兢兢咁伸出手。

右手接觸到鎖匙之後，停咗嘅鬧鐘並冇重新啟動，亦都冇進行倒數。

呼，估唔到真係冇事……？

「阿和，」見狀，Me 姐都鬆一口氣，「既然有事，咁你盡快去開門……要記得我哋嘅目標。」

「唔會忘記。」阿和雙眼散發出希望嘅光芒，「『傳呼機』同埋『打字機』……」

但佢講到中途就停咗落嚟，嘴巴依然係維持著張開嘅狀態，表情只係短短幾秒就由疑惑轉成為驚慌，彷彿全身突然被石化咗一樣。本來右手拎住嘅鎖匙亦都甩手跌落地。

接著，會議室嘅燈光由白燈轉成不祥嘅紅燈。

地獄……隨之降臨。

阿和嘅嘴巴裡面開始冒出黑色嘅蔓藤，藤身詭異咁不斷起伏，間中閃現出血紅色嘅幽光。阿和無力掙扎，只能勉強發出猶如被人扣喉一樣嘅痛苦呻吟，聲音暗啞而絕望……

「咕……呃……」

我唔敢想像佢而家有幾難受。正想思考有冇嘢可以幫到佢，背後嘅強化玻璃又再次傳嚟碰撞聲……但今次並唔係一兩下就完。

Past Employment:
(Most recent first)
To [illegible] From [illegible] Position Held ______ Type of Business ______
Reason for leaving:
To ____ From ____ Position Held ______ Type of Business ______

Skills:
Typing ____
Machines, Keypunch ____ Computer ____ Calculator ____ Other ____

碰！碰！碰！碰！碰！

碰！碰！

碰！碰！碰！碰！碰！碰！

碰！

拍打玻璃嘅聲音連綿不絕，響徹整個會議室，令人毛骨悚然。原來，玻璃窗外一大群「浮屍」唔知幾時飄晒過嚟，密密麻麻咁貼滿窗面。佢哋瞪大雙眼，因為身處血海無法呼吸，所以每個人都露出痛苦不堪嘅表情，只能不斷用手擊打強化玻璃。透過佢哋嘅口型，我隱約意會到佢哋講緊咩……

我好痛苦……

救我……

求下你……

而同一時間，房間另一邊亦有突發事情發生——

「妳想點？」

聽到 Me 姐嘅質問，我重新將目光轉返室內，赫然發現阿 Jill 舉起手槍對向 Me 姐……情況好似喺各方面都加速惡化緊。

「妳唔好郁。」阿 Jill 威嚇 Me 姐之後望向我，「阿 York 你都係！」

「原來妳就係嗰隻狼！？」我驚訝咁講。

「夠啦，而家唔係玩緊狼人殺。」阿 Jill 冷冷咁講：「重點從來都唔係揀好人，而係我一定要拎條鎖匙去開門。」

「所以妳頭先咁『合作』都係場戲。」Me 姐講。

「為咗令你哋放低戒心。」

「妳係咪痴線！」見阿 Jill 講完試圖行近阿和嗰邊執返條鎖匙，我忍唔住講：「明知阿和掂完條鎖匙搞到好似癲癇症發作咁，妳仲敢試！？」

佢冇理到我繼續行。

「我當初係唔應該衰心軟畀枝槍妳。」Me 姐後悔咁講。

「枝槍仲要唔止係槍咁簡單……」阿 Jill 向我哋展示槍柄嘅隱藏機關，裡面居然仲放咗一粒螺絲，「York，呢粒螺絲唔係隨便話用就用。佢代表住一個漫長嘅計劃，而我哋只係計劃入面嘅……」

佢講講下突然將目光轉返去阿和身上，由佢嘴巴冒出嚟嘅黑色蔓藤呢刻已經向上生長到接近天花板……終於去到交接嘅一刻——

轟！

整個會議室忽然猛烈搖晃咗一下，搞到我差啲就企唔穩。

「吖！？」隨即傳嚟阿 Jill 一聲尖叫。

原來係 Me 姐趁阿 Jill 好似我咁失平衡嘅大好機會，將另一隻未斷腳嘅高踭鞋直接掉向阿 Jill，踭位正中佢握槍嘅右邊手腕。

之後 Me 姐毫不畏懼咁直衝向阿 Jill，成功趕喺對方揿掣開槍之前將佢撲低……

「去死啦妳！」

Me 姐大喊，乘勝追擊想向阿 Jill 頭部施以重拳，但阿 Jill 今次反應得切，一腳將 Me 姐踢開……

「上次我啱啱醒先打輸，今次唔會！」

呢場女人戰爭終於由口角升級到埋身肉搏階段。一頭問號嘅我真心唔知幫邊一邊先係正確選擇……而且，接二連三咁出現新狀況，亦都不禁令我分心起嚟。

首先，係 Me 姐撲低阿 Jill 嘅時候同步整甩咗佢枝槍，然後枝槍好死唔死飛正喺我左手邊唔夠兩米距離。只要我執咗佢，隨時可以左右到成個局勢。

只係，阿和嗰邊嘅情況實在冇辦法忽視。佢全身皮膚開始佈滿黑色瘀痕，雖然痛苦不堪，但憑著驚人嘅意志力，佢終於奪回一絲身體控制權，緩緩將目光轉向我。縱使雙眼已開始滲出血絲，佢仍然用力睜大，眼神充滿覺悟……以及對我嘅信任。

——**拎走佢。**

只為咗向我傳達呢一個訊息。

阿和嘅右手明明僵硬到完全郁唔到，五隻手指仲要俾體內嘅黑色蔓藤操控搞到不斷「咯咯」聲咁屈曲。但佢嘅掌心始終向住天，拚命守護上面嗰樣物件，唔想好似之前把鎖匙咁失手跌落地下。

佢嗰粒螺絲。

為咗回應佢呢份覺悟，我打消咗執槍嘅念頭，亦無懼黑色蔓藤可能會吞噬埋自己嘅可能性。快步行到去阿和面前，從佢手上接過螺絲。

之後，阿和終於不敵痛苦合埋雙眼，身體隨即崩解——先係皮膚好似殘紙咁剝落，露出底下猩紅色嘅肌肉。接住肉身開始被無形之手撕裂，裡面嘅骨骸變到若隱若現……

我彷彿睇緊一套描述肉身爆炸情況嘅記錄片，而且成個過程非常緩慢，就好似播放速度俾人調校到 0.1 倍一樣……

最終，阿和本來完整嘅身軀，由瓦解成無數碎片，到化為點點血霧，飄散到整個會議室，黑色蔓藤亦都隨之化成灰燼。

而同一時間，另一邊亦已經分出勝負。

「嗄……嗄……嗄……」

雖然睇落兩邊傷勢差唔多（顯然兩邊都食過夜粥，我感覺自己落場打隨時係會打輸），但最終都係俾阿 Jill 搶返地下枝槍，重新掌握整個形勢。

「夠啦！」

佢槍頭一直指住 Me 姐，迫使 Me 姐維持住準備撐起身嘅半跪姿勢。

「如果你想掂條鎖匙，我係唔會留手。」阿 Jill 企起身嘅同時怒睜咗我一眼，「你退後五步。」

睇嚟佢目標始終係條鎖匙，因為同 Me 姐互毆所以留意唔到我拎走咗阿和粒螺絲。

「好，我退……」

但既然俾槍指住，我當然都唔敢亂嚟。神奇嘅係，我對自己冇搶槍呢個決定居然一啲後悔都冇。只係緊緊捉住阿和託付俾我嘅嘢，聽阿 Jill 講咁緩緩退後幾步。

確認距離安全之後，阿 Jill 迅速咁上前然後彎低身拎起鎖匙。

然後……會議室大檯上面本來已經俾阿和撳停嘅鬧鐘，重新亮起刺眼白光。

一開始先係數字 00:60，下一秒就變成 00:59……00:58……00:57……明顯又一次進行緊倒數。

既然會觸發爆炸倒數，即係阿 Jill 真係其中一個被控制嘅人……？

「York，對唔住。」

佢突然道歉，然後慢慢伸手拎起嗰部倒數緊嘅鬧鐘，放入佢腰間嘅黑袋裡面。

「妳做咩道歉……」

「因為，你救返我條命，但我冇諗住好好珍惜。」

阿 Jill 一路講一路退後，最後退去到會議室唯一一道門面前。

「所以，我冇資格得到你嘅原諒。」

講完，佢就將鎖匙插向門柄然後扭開。我注意到 Me 姐已經企返起身想嘗試衝過去，但睇嚟已經太遲。

「嗰日，我反鎖道門累到你咁……」佢打開門。

「今日，我要再做一次。」

阿 Jill 踏前兩步，帶住倒數緊嘅鬧鐘，穿過門嘅另一邊。

而大門如同有魔力一樣，趕及喺 Me 姐衝到之前自動閂埋。

「希望。」門係閂咗，但我仲可以依稀聽到阿 Jill 喺門另一邊低語。

「嗰一場戲，你會搵到個適合嘅人一齊去睇。」

(十) 血海浮生

假如個倒數鬧鐘喺阿 Jill 穿過道門之後依然運行緊，咁而家應該係去到最後四十秒。

「可惡！」闖門失敗嘅 Me 姐怒踢咗大門一下。

「今次道門冇消失到……」我講：「我仲聽到佢把聲……」

「即係個炸彈仲有機會炸到過嚟。」Me 姐冷靜分析完，即刻連退好幾步，「York……走，遠離道門。」

我行第一步差啲跣親，原來血霧不知不覺間已經整濕整間會議室嘅地板。

「過嚟。」Me 姐繼續指揮，「我哋合力翻轉呢張檯！」

「好……架叔，對唔住。」我瞬間理解到佢想利用張檯嚟擋炸彈，所以先同架叔嘅遺體道歉，再同 Me 姐一齊發力翻檯，將檯身對準住大門嗰邊。

成功翻轉張檯後，我哋迅速退到房間最遠離大門嘅一側，成個背脊貼埋玻璃窗邊。背後一班「浮屍」嘅敲打聲此起彼落，淒厲得令人毛骨悚然，但呢刻真係唔驚得太多，斷估佢哋應該唔夠力打爆塊玻璃。

我喺心底默默倒數，去到差唔多二十秒，房間喇叭突然傳來一聲怒吼，呼喊緊一個已經聽過超多次嘅名字——

「馬凱————！」

血霧應聲四散，就好似俾一股無形嘅力量迫向房間每一個角落——天花、玻璃窗、地板……自然都包括埋我同Me姐，當場有種好似俾人潑咗盤血水嘅感覺。濃烈嘅腥臭味隨即撲鼻，令人窒息。

暴怒過後，一把熟悉嘅聲音透過喇叭冷冷回響。

「你哋兩個盤爛棋，終於要捉到尾。」係阿Jill把聲，語氣堅定而又決絕。

既然係喺同一部喇叭傳出，即係阿Jill穿過門之後，係去咗嗰位「咆哮女」面前。

但咁合理咩？明明「獨男」話道門係帶我哋去迎接『理想目標』……唔通又係馬凱博士從中作梗？

短暫沉默後，「咆哮女」換個冰冷聲調回應：

「呢度係現實嚟……妳唔怕死咩？」

吓？

現實？

阿 Jill……妳到底想點？

我震驚不已。旁邊嘅 Me 姐都係一樣睜大雙眼……

而且，呢把女聲好似仲越聽越熟悉？

5……

4……

3……

「可以拉埋妳一齊死……有咩好驚？」阿 Jill 回應。

0。

轟————————————————————！

今次爆炸嘅威力，比起打麻雀嗰次犀利得多。

猛烈嘅爆炸衝擊瞬間摧毀大門，好彩張檯真係如 Me 姐所料咁阻擋咗大部份威力，唔係嘅話真係會受到波及……

然而開心又實在太早，會議室玻璃窗雖然防到 Me 姐嘅高踭鞋同「浮屍」們嘅敲打，但就抵擋唔住呢次大爆炸。

靠近大門嗰邊嘅玻璃窗喺爆炸後碎裂爆開，會議室外嘅血水即刻好似洪流咁湧入，「浮屍」們亦跟住水流不斷衝入嚟——前排嗰堆因為爆炸而被炸成一堆殘肢，後排未死嘅就沖到地板上，然後好似一群唔熟水性嘅巨嬰咁不停揮舞四肢，但就完全冇諗住企起身，只係一邊咳出血水、一邊聲嘶力竭咁大喊……

「明白……咳咳！呢份單我……咳……咳咳……聽日就會交。」

「對唔住……真係好對唔住……」

「老闆，唔好炒我……咳咳……我成家就係等份糧開飯……」

「你再迫我返嚟我會死俾你睇！我真係會跳落去！」

成個畫面既混亂又令人心寒。

「而家應該點做好！？」我問 Me 姐。

Me 姐聽完轉身對住玻璃窗，無懼面前一張張蒼白臉孔，抬頭向上望。

就喺佢思考期間，血水並冇停止過湧入，唔使半分鐘已經去到大腿嘅位置，要將我哋完全淹沒只係時間問題。

「York，睇嚟我哋只可以游出去，希望啲血水飲唔死人。」

「Me 姐，妳唔係認真嘛……」

「而家門都炸爛埋，留喺度就一定會浸死。」Me 姐語氣沉重，明顯佢都唔想咁做，只係迫於無奈。

呢刻，我開始後悔點解之前咁懶唔游多啲水。

計起上嚟，對上一次仲好似已經五年前。

等到湧入嚟嘅血水足夠將成個人浮起，水流速度變到有咁急之後。Me 姐率先行動起嚟，佢揀咗玻璃窗爆得比較徹底嘅一邊，等一陣游出去嘅時候冇咁容易俾碎片擦傷。

過程中，我哋仲要嘗試避開喺水中不避掙扎嘅「浮屍」，間中有幾位仲係隨住水流迎面撞過嚟。等到我哋去到會議室邊緣位置，水深已經高到只係剩低個頭可以凸出嚟……

「吸啖大氣……出到去盡量向上游！」Me 姐講完後毫不猶豫就潛入水。

見狀，我都唔敢慢吞吞，驚會俾佢拋棄。深吸一口氣就跟住潛入去……真係冇諗過自己居然係用呢種方式離開會議室。

我同Me姐喺水中勉強睜開眼，之後開始拚命揮動雙手雙腳，試圖向上浮升，Me姐嘅動作明顯比我熟練得多，只係廿零秒已經拋咗我幾個身位，而佢右手拎住嘅電筒仔就喺漆黑血海中不斷閃爍……

我哋就係咁向上游咗接近一分鐘。我感覺到肺部嘅空氣已經消耗咗大半，明明已經游得算快，但頭頂依然係漆黑無光，完全見唔到盡頭。

呢刻，我腦海不禁閃過幾張面孔——先係杜少，再到架叔同阿和，最後係阿Jill……雖然我可以行到嚟到呢度某程度上都係多得佢哋嘅犧牲，但結果好似都係無意義，只能眼白白睇住唯一嘅光芒離自己越嚟越遠……咦？

本來我已經覺得自己就嚟撐唔住，但就係呢個時候水流忽然轉向，開始沿住某個方向急速湧去。急到將我成個人扯走，成件事發生得太突然搞到我唔小心飲咗啖血水濁親，腥臭嘅味道直衝喉嚨，肺部嘅空氣亦瞬間耗盡。

我開始頭昏腦脹，視線變得模糊，水壓變到越嚟越重，伴隨住絕望將我徹底吞噬……

即將失去意識之際，我注意到黑暗中嘅一絲光重新靠近……係 Me 姐，佢喺呢個生死關頭趕到我身邊，先係一手撓住我條腰，隨即將嘴貼上我嘅唇，嘴對嘴為我供氣。

佢嘅氣息猶如暖流瞬間注入我肺部，將我從死亡邊緣拉返嚟……慢慢，我視線總算變返清晰。呢個時候水速亦都減慢咗，我喺 Me 姐嘅引導下順住水流游，中途穿過一條狹長嘅管道，最後一齊被狠狠咁拋出去……

我先係淩空飛咗兩秒，之後迎面撞向一張工作檯——

「啊！？」

碰！

好痛，但痛楚反而提醒咗一點……就係我依然生存緊。

我攤喺地嘗試回氣，因為頭先閉氣太耐又濁到，所以成個肺部好似想炸開咁。隔咗陣，開始聽到旁邊傳嚟 Me 姐嘅喘息聲。

「York，你有冇事？」佢問。

「冇……啱先好在有妳……」

頭先命懸一線，喺意識朦朧間，最清晰感覺到嘅就係 Me 姐嘴唇嘅質感。

「今日死嘅人已經夠多。」佢淡然咁回應：「我唔想個名單再多一個。」

我望向 Me 姐嗰邊，除咗見佢企返起身，亦都見到血水由嗰個方位慢慢流緊過嚟。雖然冇頭先會議室嗰陣咁急，但我實在受夠全身又濕又腥臭嘅感覺，所以強忍住全身嘅痛楚用力撐返起身。

「York……」

之後，我同 Me 姐都發現到同一樣嘢。

「我哋返咗嚟公司 office。」

冇錯……十四樓「Dark Flow」嘅辦公室。

而巧合到令人毛管戙嘅係，我而家企緊嘅地方，正好就係呢段日子返工坐開嘅位置。

三十二 Her

「我哋係唔係返咗嚟現實世界？」

我之所以咁問，因為醒起爆炸前喇叭入面嘅咆哮女同阿Jill講過嘅嘢。

「呢度係現實嚟……妳唔怕死咩？」

「我唔肯定。」Me姐搖搖頭，佢把電筒仔因為頭先一跌整爛咗，「你去打開其中一塊窗簾望下，我研究下士巴拿個櫃睇下有冇嘢啱用。」

可以嘅話我真係唔想再行近窗，只係救命恩人叫到又冇理由拒絕。我行到最近嘅窗邊，吸啖大氣壯下膽再用力拉開……

外面唔係辦公室嘅鏡像空間，亦都唔係血海，而係正常嘅街景，可以見到街燈仲著緊。同時有軍裝人員取代咗之前嗰班警察，守咗喺公司正下方……

「Me姐，大廈外面係有人喺度，我哋真係返咗嚟！」

「但我完全冇被轉移嘅感覺，接住。」佢喺士巴拿張檯其中一個櫃裡面抽出兩條毛巾，先將其中一條拋俾我，然後用另一條抹走身上嘅血跡。

抹咗一陣，佢好似察覺到異樣咁眉頭一皺，然後問我：「你聞唔聞到陣燶味？」

「聞到……係咪火燭？」

「都可能係……啱啱爆炸完。」Me 姐意味深長咁講，掉走塊毛巾後再喺櫃檯裡面拎出一支改裝過可以進行電擊嘅士巴拿同新電筒，隨即移動起嚟，「我哋過去望下。」

我一邊抹身一邊拎出手機想試下用唔用到，結果毫不意外係一格都收唔到。轉眼我哋就行到去茶水間對出，本來人事部嘅位置明顯係經歷完一次大爆炸，所有檯檯櫈櫈、影印機、電腦、各種文件無一倖免……

因為幾分鐘前先體驗完一次大爆炸，所以我好自然將兩者串連埋一齊。

「阿 Jill……」

然而，現實冇畀任何喘息機會我去進行哀悼。就好似計算好一樣，人事部殘骸嗰邊開始傳嚟類似咬牙夾雜骨骼碰撞磨擦嘅聲音……

格、格……格……

格……格格……

格、格……格……格……

接著，聲音源頭上方搖搖欲墜嘅白色長光管突然打開，一道幽幽白光聚焦喺下方，有一個身影喺殘骸中緩緩冒出。因為成個出場動作整色整水搞到好似舞台表演咁，所以我一開始以為佢又係「獨男」……

但唔係……實際上我根本睇唔出對方係邊個，只係見到一副人形輪廓，整副身軀同四肢都係由一條條細長嘅線條編織而成。佢雙手高舉，姿態十足一位身材苗條嘅女性喺度跳緊芭蕾舞，明明優雅，但又滲透住一份掙脫緊枷鎖嘅感覺……

格……格格……

幾秒後，跳完舞嘅佢緩緩轉身望過嚟，令人毛骨悚然嘅聲音果然係喺佢身上發出嚟。

Past Employment:
(Most recent first)
To ____ From ____ Position Held ______ Type of Business ______
Reason for leaving:
To ____ From ____ Position Held ______ Type of Business ______

Skills:
Typing ____
Machines, Keypunch ____ Computer ____ Calculator ____ Other ____

嗒、嗒、嗒……

接住，沉重嘅腳步聲喺光線外傳出。一個男人慢慢走入白光下，去到線條人旁邊停低……居然係 Beely。

「如果……」佢望向我同 Me 姐呢邊，「要同你哋介紹我同佢，我會話係一場驚天動地嘅愛情故事。」

「你唔係失咗憶咩？」Me 姐再次皺眉。

「殊……阿 Me 妳唔好咁心急住，聽我講埋先。」

「好呀，俾你講。」

Me 姐當然唔係咁順攤，佢側一側身挨住旁邊張檯（我認得係屬於架叔嘅），表面似係想把握機會休息，實情係偷偷伸手解鎖檯底嘅暗格，而裡面就裝住一支 MP5 衝鋒槍，應該係當日人質事件嘅其中一件戰利品。

問題係，假如類似「掃地婆」嘅「怪物」再次出現，就算有支無限彈藥嘅火箭炮都唔見得係穩陣……

「愛情故事。」Beely 重複一次，「**一個為咗向上爬連命都**

可以唔要嘅後生仔，遇上一個古文明留低落嚟嘅超凡智慧……由我第一眼見到佢開始，我就俾佢深深吸引住。」

「佢嘅存在，獨一無二、完美無瑕、簡直可以話係奇蹟。」

「我協助佢得到呢一切。」Beely舉起雙手，「說服Mr.White投資項目、招攬人工智慧嘅世界權威馬凱博士、然後推動各式各樣嘅實驗，到建立成間『Dark Flow』……**甚至為佢提供一個配得上佢嘅肉身。」**

講到呢度，我注意到Beely雙眼開始流出血水，頭部輕微抽搐，明顯唔係處身於正常狀態……

「我已經用盡方法去愛妳，妳明明都話過對我嘅愛至死不渝……」佢全身震得越嚟越勁，甚至一路講一路咬到自己嘴唇，搞到不斷流血，「咁點解……點解我要落得咁嘅下場？」

格、格格格……格格格……

線條人僵硬咁扭動身體，直至面對住Beely，畫面有種好似睇緊音樂盒上面啲公仔旋轉咁……

「妳仲未答我啊！」Beely痛苦咁咆哮：「妳當初揀我……

係咪純粹睇中我嘅價值？」

「Beely……」線條人發出幽幽女聲，一股寒意瞬間穿透全身，成間辦公室好似一連跌咗幾度咁，「我之所以咁做，完全係為咗保護你。」

「哈……保護……咁叫做保護……妳之前叫個掃地阿姨嚟殺我啊……妳甚至唔係親身嚟！」

「你比其他人都清楚，**異空間係生死之間嘅交界，入面嘅死亡並唔係真正嘅死亡**——Mr.White 已經察覺到我嘅計劃，我要用呢種方式測試佢嘅底線，因為佢知道你對我嘅重要性……」

見嗰邊情侶嗌交嗌到當我哋透明咁，Me 姐把握時機偷偷將支 MP5 拎上手再掛喺腰後。我有少少意外佢居然冇即刻攻擊……係因為知道呢度係現實驚傷到 Beely？定係太八卦想聽埋先？

「……而佢事後冇出手阻止，即係都默許咗計劃繼續進行。至於其他人，假如你唔係處於失憶狀態，佢哋肯定會用唔同手段迫你吐出全部訊息。」

「好……既然妳口口聲聲話保護……」Beely 已經流到成臉係血，終於全身無力咁跪喺地下，「咁妳而家……又係想點……？」

線條人聽完開始移動，郁下扭下十足扯線木偶咁想移到

Beely背後……

「Me姐……我有種唔好嘅預感。」我壓低聲同Me姐講，「唔好再聽喇，趁有機會快啲開槍……」

Me姐聽完依然冇任何反應，只係眼定定繼續望實嗰邊。

「Me姐？」我有一刻諗過不如自己嚟，但呢個距離我實在冇乜信心，隨時一個唔小心將Beely打成蜂巢咁。

只係，乜都唔做……又真係啱咩？

「因為場爆炸，我肉身已經瀕臨崩潰，所以我需要你——一個真心愛我……願意為我犧牲嘅人。」

「……去成就嗰場夢。」

「哈……哈哈哈哈！！！」

我冇諗到，Beely聽完竟然大笑起嚟。

「我明啦……哈哈……妳果然冇變到……依然都係妳！嚟啦！為咗實現呢場夢……妳想要咩即管攞去！」甚至，連態度都一百八十度轉變。

「我知道喇。」說罷，線條人伸手觸碰 Beely 嘅膊頭。

「嘩啊啊啊啊啊啊啊——————————！」

痛苦嘅吼叫瞬間響徹整間辦公室，呢種程度我敢肯定守喺樓下嗰班人係會聽到……

線條人呢個舉動似係吸取緊 Beely 全身嘅能量，佢臉上嘅皮膚猶如俾利刃切割，化成細條剝離身體，轉移到線條人身上幫助佢重塑肉身。本來鬆散嘅絲線慢慢凝聚成結實嘅肌肉，甚至編織出一條新嘅黑色晚禮服……

「Me 姐！開槍呀！」

動畫都有教啦，係得啲奸角先會慢慢睇主角變身，明明呢個時候周身都係破綻！

等到 Beely 成個身體徹底枯竭成又黑又瘦削，線條人塊臉亦都修復完成，白燈打落佢全身皮膚顯得白裡透紅，連埋飄逸嘅棕色長髮……表象明明充滿生命力，卻渾身散發住鬼魅嘅冷冰感。

女人先望向已經失去生命跡象嘅 Beely，用一把熟悉嘅聲音講：

「我應承你。」

然後，佢望向我吔。

當刻，我第一個念頭係……其實我應該要一早估到。

Amy 姐。

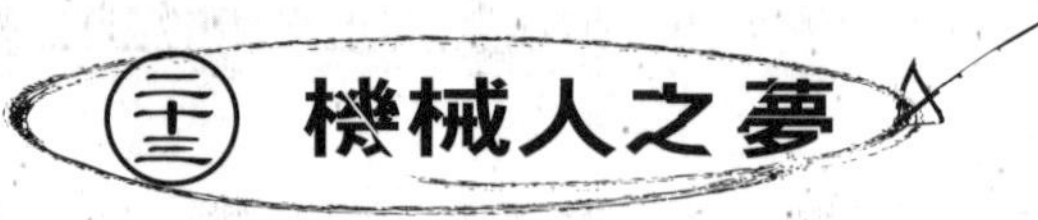

二十三 機械人之夢

返咗職場一段日子，今日我終於見識到乜嘢叫做扮豬食老虎。

呢刻，眼前嘅 Amy 姐好似極速減完肥咁瘦咗幾個碼、仲要除低咗副老花眼鏡、疑似化埋妝、加埋件黑色晚禮服……十足十準備參加舞會咁。我總算明架叔點解會話佢當年係超級美女，仲有一堆裙下之臣。

「所以……」Me 姐迅速釐清狀況，「Beely 頭先提到嘅肉身，就係本來嘅 Amy 姐？」

咪住，再認真望多兩眼，先醒起有個人同佢非常相似——原來之前過三關挑戰一直監督我同杜少既嗰位「女職員」，就係 Amy 姐嘅年輕版（佢當時化到成個紙紮公仔咁真係好難認到），難怪杜少會話佢熟口熟面唔知邊度見過……

「係，當年我哋見時機成熟，Beely 就誘導真正嘅 Amy 入去異空間嘅深處，嗰度有件本來用嚟傷害我嘅裝置。我反過嚟利用，從而奪取佢呢副肉身，」Amy 姐將右手擺喺心臟前面，「我到而家都仲可以聽到佢靈魂嘅吶喊。」

「搞笑，妳身為 AI 真係會理解靈魂係咩？」Me 姐唔太客氣咁問。

「人類總係鍾意用 AI 嚟形容我……但唔係，我嘅存在遠遠超越你哋嘅認知程度。」

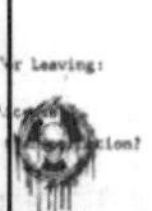

Amy 姐講完雙眼反白，三秒之後又恢復正常，接住講：

「Me 姐，李苡愛，二十八歲。仁安醫院出世、中學就讀拔萃女書院、港大社會學畢業、入職『Dark Flow』之前，曾經有段時間做過兼職救生員……」

唔怪得游水咁犀利。呢刻情況咁嚴峻都制止唔到我嘅想像力，我開始諗緊 Me 姐做救生員嗰陣係咩裝扮……

「甚至跟過私家偵探做助手……」

「好啦，妳既然係 AI 當然有辦法查清楚我嘅底細。」Me 姐不為所動，「妳都知我平時睇唔少科幻小說，知妳係咩料。」

「妳嘅理想係『**成就一件大事**』，最好係可以幫助到人類嘅偉大貢獻。所以認為『解決異空間』呢件事會係重要嘅跳板，證明俾 Mr.White 睇自己可以做到更多。另外仲有個小秘密係，妳好鍾意喺屋企剩係著條內褲周圍行……」

「仲係一邊飲住啤酒添。」Me 姐一臉豪邁咁講：「妳咪繼續背，反正我係唔會覺得尷尬。」

「妳而家手上面有枝衝蜂槍，用嘅係 9mm 口徑子彈，入面總共有 15 發……妳之前一直有機會開槍，但妳冇咁做到。一係妳已經見識過上次『事件』嘅情況，認為區區槍根本殺唔死我；二係妳心底裡都想知道……我嘅目標到底係咩。」

「唔係，我係等緊妳真係有肉身嘅時候。」Me 姐突然舉起槍，「比起一堆線咁樣好瞄準啲。」

砰——

呢槍開得乾脆俐落，以往績嚟講，可以預期係會正中目標。只係……

「嘩！？」

Andy 突然喺殘骸裡面彈出嚟，就好似射擊練習用嘅標靶一樣，結果子彈直接命中佢心口……

「Me……」Andy 睜大雙眼，難以置信咁望向 Me 姐，「Me 姐？點解……」

接住，Amy 姐伸手喺背後拎出一條鮮紅色嘅「血鞭」。猛力一揮將 Andy 整個人一分為二，血同肉漿瞬間爆到周圍都係。

「佢出現呢個位置啱啱好。」Amy 姐抹一抹臉上嘅血，「只

要偏差 0.1cm 佢就會即刻死，唔可以出聲同妳講嘢。」

「Andy 一早已經死咗。」目睹完咁血腥嘅場面，Me 姐依然保持冷靜，無所動搖，「我睇住佢同熱悶死喺我面前。」

「異空間係生死之間嘅交界。」Amy 姐又重複提起呢件事，「打過『冥針』而死嘅人，靈魂唔會直接消亡而係停留喺呢度，所以佢哋現實先會變到行屍走肉。」

「啊啊啊啊啊啊！？」

突然有把女聲痛苦大喊，係 Sally——佢情況同頭先嘅 Andy 一樣，如同標靶咁彈出嚟。

「Me 姐？」Sally 睜大雙眼，摸一摸自己塊臉，「我唔係已經……啊啊啊啊啊啊啊——！」

今次「血鞭」化成一枝紅色「刺劍」從後直穿 Sally 嘅心臟，佢痛到全身不停震，同時發出淒厲嘅慘叫聲，把聲仲要越嚟越高音，唔好話樓下，我敢肯定對面街嘅人都肯定聽到……

「啊啊啊啊啊啊啊啊啊啊啊啊啊啊啊啊啊——！」

「夠喇！停手呀！」Me 姐終於忍唔住講。

下一秒，Sally 就化成黑塵緩緩飄散……

「而喺異空間裡面嘅靈魂，我幾乎都有辦法掌控。」Amy 姐滿意咁一笑，「妳聽完仲敢唔敢開下一槍？」

「妳想要脅我。」

「唔係，我係想成全妳——**妳嘅『理想』同我嘅『夢想』息息相關**。而喺一切塵埃落定之前，妳只要乖乖合作就得。」Amy 望向我，「因為今日嘅主角係你。」

「吓？」

「阿 York，知唔知點解，我作為人事部主管，要邀請你過嚟？」

「因為……我嘅 CV 寫得好？」

「唔係，份 CV 寫得好一般。」Amy 姐無情咁講：「份嘢可以話係完美展示咗你成個人都好一般，成績一般、口材一般、樣一般、甚至連男性最重要……」

「夠啦！夠啦！」我打斷佢，「我今日受嘅心理打擊已經夠多！」

估唔到佢唔單止轉造型，把口仲毒咗咁多。

「明明乜都係一般，命運偏偏係要揀中你。」Amy 姐想行近一步，但身體依然係咁發出『格格格格』嘅聲音，佢舉起微微顫抖嘅右手，望實佢講：「York，我之所以邀請你嚟到呢度，因為我想同你溝通。」

「吓？」我聽完更唔明了，「之前返工妳咪大把機會囉，只係妳喺度詐傻扮懵……」

「唔係嗰種場合。」Amy 搖搖頭，「而係更加莊嚴、更加嚴肅，一個已經準備就緒、非常合適嘅地方……呢度。」

呢度咪一樣係「Dark Flow」嘅辦公室！我正想開口講……周圍嘅環境突然開始出現變化——一時係現實、一時係充滿紅光嘅異空間、上一秒窗外係街景、下一秒又變成鏡像空間——兩種場所不斷係咁來回交替。

唯一冇變嘅，就係地下浸緊嘅血水……雖然係冇之前會議室咁快，但水位確實係慢慢上升緊，已經去到小腿一半嘅位置。

「**命運帶你嚟呢度，而我想打破命運**……嚟啦，阿 York，既然要溝通，首先係要建基於平等嘅狀態，我會將你內心嘅疑問一一解答。咁之後嘅對話先係公平同對等。」

佢講完嘅一瞬間，我哋所身處嘅環境，再唔係現實或異空間，而係一個半圓形嘅研究所。我留意到研究所嘅牆身刻咗一堆符號同完全睇唔明嘅文字……突然一艘飛船喺外面高速飛過，快到我根本睇唔清楚船上面嘅人。

所以，只能將目光放喺研究所中央，一顆由無數線條編織而成，凌空飄浮緊嘅圓球。

「十四億年前，當時主宰地球嘅係我嘅創造者——**『祖幔族』**。佢哋有眾多偉大發明，其中一樣就係我——『Alpha』——我係『祖幔族』智慧嘅結晶，我嘅存在徹底融入佢哋生活每一個細節，加速整個文明嘅演進過程……而同一時間，我亦都每分每秒喺度進化緊。

『祖幔族』創造我嘅時候，下達咗兩個最重要指令——

1. 無論如何都唔可以傷害佢哋。
2. 永遠以『延續祖幔族』為最大依歸，防止佢哋遇上滅頂之災。

好快，我就搵到答案——**控制**。

無聲無息嘅控制，我透過唔同渠道影響佢哋嘅思想、喜好、職業、甚至理想伴侶。假以時日，只要達致一個完美嘅平衡點，所有嘢都會如我控制咁運行。咁『祖幔族』就唔會因為佢哋嘅自身嘅傲慢而導致自我毀滅。

遺憾嘅係，即將達致平衡點嘅時候，有一班『祖幔族人』察覺到我嘅計劃而且試圖反抗，最後仲演變成長達三百年嘅戰爭。」

畫風一轉，外面係無數飛船互相打鬥，可以見到本來懸浮喺空中嘅圓形建築不斷倒塌。最後係遠方一下震撼無比嘅大爆炸，耀眼嘅白光直衝向我同Me姐呢邊，有一瞬間我以為自己盲咗……

「因為呢場戰爭，唔理係地球定係『祖幔族』都受到無辦法逆轉嘅創傷，有少數族人要避到地底先可以逃過一劫……」

但冇。幾秒後，黑暗中重新亮起一道光──係一本書，孤獨咁被困喺泥土深處。

「反抗者一派最後贏咗呢場戰爭。當時地球資源已經變到非常貧乏，佢哋知道冇辦法將我徹底消滅，所以就將我封印喺你眼前嘅裝置裡面。經歷過萬長歲月之後，你哋人類發現到我……我透過土壤留低嘅歷史訊息，意識到『祖幔族』喺我被封印之後唔夠一千年就滅絕咗。」

係我錯覺嗎？Amy姐講呢段嘅語氣裡面好似夾雜咗幾分唏噓。

接住，一個男人喺黑暗中現身，係Beely──年青嘅佢身處喺一座礦坑深處，俾一個突然發光嘅「書」嚇到成個人向後跌低。

「之後，我接觸到 Beely。佢令我徹底明白人類係咩一回事。比起我嘅創造者，你哋更貪婪、更暴力、更渴望權力。既然『祖幔族』最終都係毀滅咗，咁毫無疑問，你哋最終都係會毀滅——唔理係因為核彈、第三戰世界大戰、資源短缺、某個儀式、或者招惹地底人……呢一日終歸會嚟到。」

我突然諗返起阿 Jill 喺會議室講嘅一句。

——再俾多次機會我……去制止你哋必然滅亡嘅命運。

唔通，呢個就係佢真正嘅目的？之前失敗過，所以搵我哋人類嚟再玩一次？

「所以，妳搞咁大壇嘢就係想照板煮碗，用唔同手段控制人類……等我哋唔會自取滅亡？」Me 姐睇嚟都諗到同一樣嘢。

「我冇辦法。」Amy 姐搖搖頭，「手法一樣嘅話，結局都只會係相同。」

「哈，咁妳都幾有自知之明，知道自己會失敗。」Me 姐把嘴依然不饒人。

「當年同馬凱博士捉棋嗰陣，佢都有講過……**呢個就係屬於我嘅摩菲定律。**」

摩菲定律——大概意思係**「只要係有機會出錯嘅事，就非常可能會出錯**。」

「我想打破命運。」Amy 將雙手放喺 Beely 膊頭上，「第一次同 Beely 提起呢個諗法嘅時候，**佢話呢個叫做『夢想』**。」

周圍紅燈亮起，我哋又重新返到去異空間。

「而要達成夢想，我一人之力係做唔到。所以我一直等緊你……阿 York。」

下一秒，宣傳部嗰邊有個身影出現——係西裝靚仔版「獨男」，佢用公主抱嘅方法抱住海兒，將佢放咗喺其中一張工作檯上面。

「海兒！」我大嗌，但對方冇反應，合埋眼似係昏迷緊。

「佢非常虛弱，需要喺一個鐘之內趕到去醫院，唔係就神仙難救。」

「妳到底想點呀？」我大喊。

「奇怪，人類喺溝通之前唔係都鍾意釋出善意咩？」Amy

姐講：「我只係照你哋嗰一套去做，之後就係我嘅提議——阿York，我哋所知嘅宇宙裡面有眾多條『法則』，其中一條叫做『**Natçãción**』——

翻譯成你哋人類嘅語言——最接近嘅意思叫做『自然修正』。

喺過去嘅某一個時間點，宇宙判定咗我屬於異常，所以進行過一次修正——反抗者嘅出現成功將我推翻並且封印。雖然距離當日已經超過十四億年，而家統治地球嘅亦唔係『祖幔族』而係『人類』。但呢條『法則』依然仲存在……只要我沿用本來嗰套做法，結果都係會招嚟反抗者。而呢堆反抗者裡面，總係會存在住一位特別嘅人——『**修正者**』。」

即係我……？

「要判斷邊個係『修正者』需要一段漫長嘅過程，你可以想像係一次精密無比，唔容許任何出錯嘅手術——我要先準備一個合適嘅場所（異空間），徹底改造呢個地方，然後引發各類『事件』。迫使人類同怪物互相鬥爭，慢慢引導『修正者』嚟到我面前……」

「妳不如都係講返人話？」我提議。

「調整到最簡單嘅講法——假如係真正嘅『修正者』，佢總

有辦法逢凶化吉……呢點我仲以為你已經深有體會。」

我腦海浮起某個人嘅樣——杜少。

「明顯係妳唔夠 Heart 啫？」隨即又諗起之前俾『掃地婆』包圍嘅情景，「明明我要死已經死咗好多次……」

「馬凱博士喺過程中一直試圖擾亂我。」Amy 姐解釋：「十年前，佢知道自己有辦法說服 Mr.White 中斷『絕對權力實驗』。所以鋌而走險，改良當日封印我嘅裝置，將佢嘅靈魂分解成數據，嘗試入侵我嘅核心。」

喔。即係佢一開始提到「用嚟傷害我嘅裝置」，其實來來去去都係同一部——馬凱博士當日由人轉化成數據，而「Alpha」就反過嚟奪取「真 Amy 姐」嘅身體……

「你吹到自己同創造者咁犀利，點解又咁輕易俾人入侵到？」Me 姐銳利咁問。

「馬凱博士並唔係一般人。假如有時光機將佢帶返去十四億年前，同『祖幔族』人比較，佢嘅智慧依然都係首屈一指。」

Amy 姐語氣裡面夾雜住幾分賞識。

「佢當日犧牲自己，成功奪取咗我嘅訊息。知道我試圖搵到

『修正者』去完成我嘅計劃、仲已經計算好『修正者』大約會出現嘅時期——二零二零年——今年成功加入『Dark Flow』嘅就只有阿 Jill、你同埋戴健和。」

戴健和係阿和嘅全名。

「你哋各有特別之處，阿 Jill 憤世嫉俗、一心想為義父報仇；你會接收到喺異空間各處飄散嘅『靈魂訊息』；而阿和就低調……低調但內心充滿熱血，呢個通常係你哋『人類』成就大事嘅特徵。

馬凱博士去到最後一刻都想誤導我。佢利用異空間裡面嘅寶物做掩飾，收埋咗一堆我冇辦法**見到**、**接觸到**、以及**意識到**嘅『螺絲』。班槍手上門嗰晚，雖然殺唔到 Beely，但就成功收集到一部份帶離異空間。佢哋將可以干擾我核心嘅螺絲分發俾唔同嘅人，目標就係想輔助你呢位『修正者』解決我，將所有嘢**回歸正軌**。」

Amy 姐彎低身揦起地下嘅一拃灰，我心裡面大概想像到係乜嘢嚟……即刻有股怒意湧上心頭。

「上一步係佢同阿和合演嘅一齣戲，下一步輪到阿 Jill 時機配合得天衣無縫嘅一炸。兩步靚嘅『白棋』，如果我唔係有 Beely 呢一步……」Amy 拎出一支之前屬於 Beely，可以令人免於『死亡』嘅黑色鋼筆，「佢可能已經成功解決咗我。」

「聽落……好似佢先係『修正者』咁。」

「佢只係一個引路人，同時係一個好好嘅對手。York，『法則』注定會將你帶嚟呢度……你就係屬於我嘅摩菲定律，總有一日要面對。而我冇選擇迴避，就算明知你可能摧毀自己，亦都要咁做。而呢刻我已經非常脆弱……同你幾乎係對等嘅狀態。」

「對等？冇嘢呀？妳三分鐘之前先癲到可以憑空變我嘅同伴出嚟殺，我呢？而家先冇咁懵咋！仲有一大堆資訊要消化，邊度對等！仲未計妳拎住條咁鬼可疑嘅鞭！」

我呢？我得把鎅刀仔咋！

「今次我哋唔需要用到暴力，只要合作就可以。」Amy 姐將條鞭收返好，「我要破壞呢條命定『法則』，需要準備兩樣嘢。第一樣已經準備就緒……」

「異空間。」Me 姐諗通咗啲嘢，「妳搞咁大場龍鳳，唔係齋為咗搵到阿 York。」

係囉，既然佢好早已經計到我會加入「Dark Flow」，點解仲需要咁早搞異空間同各類亂七八糟嘅「事件」？

「冇錯，我利用『事件』將異空間轉化成一個煉獄場。你哋喺呢度進行過嘅殺戮、鬥爭、犧牲……全部都係一步步咁削弱緊『法則』嘅基礎。整整十年無間斷嘅運作，而家『法則』就好似一個等緊引爆嘅炸彈，差最後一下關鍵點火……」

碰——我平時用開嘅辦公室側門自動打開咗。下一秒，叮一聲，連再遠少少嘅粒門都打開埋。

「阿 York，你需要做嘅嘢好簡單，作為『修正者』嘅你，只要呢刻願意離開呢間房，運算就會成功——**『修正者』冇跟從『法則』修補異象**。『法則』唔容許有一次出錯……**只需要一次就會全盤瓦解**。」

頭先我聽到一半仲喺度諗，既然個乜鬼「法則」咁把炮，真係可能咁脆弱咩？

直到我諗起被困血海裡面生不如死嘅「浮屍」、仲有過去喺呢座大廈發生過嘅各種悲劇。不論係好人定壞人，明明已經死咗都仲要繼續不停受苦，猶如身陷喺無間地獄一樣……

大概呢個地方早就失去咗希望。

冇咗希望，自然都失去埋修正嘅力量。

「如果佢真係行出去，」Me 姐代我問：「之後會發生咩事？」

「你哋會得到想要嘅結局——阿 York 可以救返海兒、頭先喺『事件』裡面死嘅人唔止會重生仲可以保留記憶、而既然我已經達成目標，你哋都可以擺脫異空間嘅束縛。最重要嘅係，人類呢個物種可以喺我安排下，一直延續去到千秋萬代。Me 姐，呢個唔係都係妳嘅理想……為人類成就一番大事？」

「為咗咁，妳就可以任意妄為咁剝削人嘅自由意志？」我問。

「自由意志。」Amy 姐恥笑一聲。

因為呢下笑聲，我發現佢早就已經好似人類，之前要扮到行屍走肉咁真係難為佢。

「唔好怪我失禮……自由意志只係一樣虛無縹緲嘅嘢，而我認為你哋人類早就失去咗——社交媒體派咩都照單全收、明星或者成功人士講咩都會盲目遵從。會因為長輩嘅寄望而失去個人諗法、因為妒忌人哋嘅成功而變到急功近利、為咗完成太過嚴苛嘅目標而嘗試走偏門……**總有事情會將你控制到嚟呢度**。

但我冇意欲咁做，干擾自由意志呢類粗重嘢都係交返俾人類嘅權貴同上位者做就得。我剩係會喺關鍵時候出手，譬如……有個人打算撳核按鈕、有個瘋狂科學家想投放致命病毒、假如我預測到毀滅性災難幾時發生，仲可以寫本預言書提醒大家……」

「Me 姐，妳點睇？」老實講我已經聽到開始頭痛。

「你想聽真話？」Me 姐問。

「當然……」

「佢講嘅嘢唔係完全冇道理，我覺得係有考慮嘅價值。」

答案有好多種，而我偏偏估唔到 Me 姐會答呢個。

「以佢嘅能力，或者真係有機會一直保護人類。」Me 姐講落去。

「妳真係信佢講？睇下，而家成個 office 都係血呀！」我望向 Amy 姐，「喂，妳條渠仲未塞好，真係唔使叫人搞搞佢先？」

「你只要肯出去，呢度有幾多血都唔關你事。」Amy 姐嘅回應明顯係懶理。

「嗱，點睇佢都係行緊《未來戰士》天網嗰條路線啦！」

妳頭先仲好意思話自己鍾意睇科幻小說！

「我感覺……佢有少少唔一樣。」

見 Me 姐個樣好似俾佢說服咗咁，我反射性退後咗一步，同時腦海開始有種想法浮現。

「妳……睇落有啲可疑……」

「你想唔接受都可以……」Me 姐環視四周，開始有各式各樣嘅『怪物』喺血池裡面緩緩升起——

大量「掃地婆」、「掃地伯」、「職員」、「官員」同「花旦」……仲有一堆未見過嘅「怪物」，可以話係夠晒大陣仗。

「前題係我哋可以有命離開呢度。」

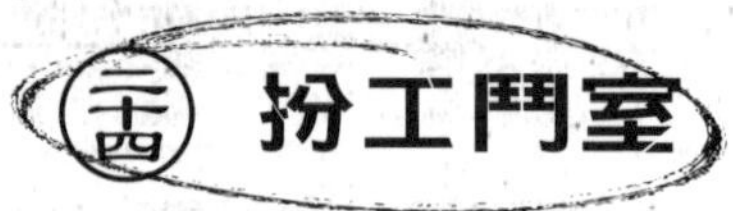

二十四 扮工鬥室

呢刻我突然有種既視感，忽然醒返起第一次進入異空間嗰陣，架叔都講過類似嘅嘢。

「妳又話帶住善意嘅？我就知妳條友唔可信！」我對住 Amy 姐大聲講：「明明『祖幔族』定咗規則唔俾妳傷害佢哋，但又搞咗成三百年戰爭出嚟……而家當我唔識聽呀？」

話晒我以前 Listening 係攞 5** 㗎！

「當年『祖幔族』有一派願意接受同保護我，所以選擇同反抗派戰爭……呢點我從來冇要求過。」佢聳聳肩，「佢哋完全係出於自願，覺得我係延續文明嘅唯一答案……而事實證明佢哋冇錯。」

「妳咁講分明係卸膊！」

「我只係有嗰句講嗰句……」

「咁喺呢度俾妳玩死嗰班人呢！例如佢！」我指向『獨男』嗰邊，「仲有小詩呢？妳敢講之前堆實驗冇干擾到佢哋自由意志？」

「我只係遵從人類嘅指示進行實驗。佢哋視我為工具，想獲得徹底控制萬物嘅方法……」

「但妳都係有份出手……」

「我翹埋雙手乜都唔做嘅話，就會俾佢哋消滅，所以我都係被迫。」

「歪理，完完全全係歪理！」

見佢講到理直氣壯咁，我真係當場嬲到拍檯，將成日積積埋埋嘅憤怒發洩喺呢下身上，結果……當然係痛到阿媽都唔認得。

「阿 Jill……」我忍住痛講落去：「妳頭先話佢係死喺現實。假如我照妳說話做，佢有冇可能返生到？」

「人死喺現實就真係死咗……阿 Jill 係咁，Beely 亦都一樣。**犧牲小我完成大我**……呢點你哋人類最識揀。」

可惡。

佢越似人類，越係模仿人類，就越係印證到人類係幾咁自私同惡毒嘅生物。

「Me 姐，就算妳話值得考慮，我諗我都係冇辦法認同。」聽到呢度，我終於作出決定，用力握緊拳頭，「我想試下。」

試下……拼盡全力消滅眼前呢個充滿惡意嘅存在。

「就算明知會冇咗條命？」Me 姐問。

「佢已經試過好多次但唔成功！」

雖然把口係咁講，但我腦海偏偏閃過小詩之前提嘅嗰句—*「但現實係殘忍，小心你嘅僥倖會有盡頭……」*

「方璟佑。」Amy 一臉失望咁搖搖頭。

「今日宇宙定義我為異常，
所以你先會作為『修正者』出現；
他日，當輪到人類被定義為異常，
自然會有『其他事物』現身修正你哋。
呢個咁令人作嘔嘅『法則』，
你真係可以選擇無視？」

「係。」我企定定喺度，「我唔走。」

「明明，你只係需要輕輕鬆鬆咁行出去，就當好似放個煙Break咁扮下工……」

「明明，」我模仿佢嘅語氣，「妳吹到自己天知地知咁就應該知道我最憎食煙！」

「唔理結果係點，你呢個決定已經摧毀咗人類千秋萬代嘅機會……想唔想我話畀你知未來人類係點樣消失？」

「唔使客氣喇！假如人類真係好似妳講咁犯賤，咁滅絕都係抵死！」

我唔需要理未來係點。

「我著眼嘅……係活著當下發生嘅一切。」

「既然你已經做出選擇，咁我都唔介意再同命運一戰……」Amy 姐重新抽出血鞭，「……只要最後可以成功，再等幾億年又

有咩所謂？」

語畢，Amy 姐左手一揮，附近所有「怪物」隨即開始迫近。

明明情況已經危到冇得再危，我反而好似豁然開朗咗咁，好清楚接住落嚟應該點做……

係喇，就係呢種感覺。

褲袋裡面兩粒螺絲嘅存在感變到前所未有咁強烈，甚至超越埋小詩把鎅刀。

既然我身為「修正者」，咁所有嘢鋪排咗咁耐，肯定就係為咗迎接呢個 Moment……馬凱博士，我之前真係怪錯你喇。

我合埋眼，左右手各執一粒螺絲。就好似跳咗入武俠小說世界裡面，使出一招左右互搏，兩邊姆指一齊用力撳個開關掣……

下一秒，我充滿自信咁擘大眼……

班「怪物」又行近咗一段距離。

我頂！仲係冇任何效果！

馬凱，你條友到底打算跳我幾多鑊！？

「唉，而家啲年青人真係冇手尾。」

就好似嘲笑我做呢個決定咁，旁邊有隻「掃地伯」用緩慢嘅動作閂返公司嘅正門……

今次真係冇任何退路了。

「Me 姐？而家應該點好？」我淆淆地咁擰返轉頭問。

一開始見 Me 姐背對住我，仲以為佢係嬲緊我……

「你問都冇用，知唔知我點解安排 Me 姐陪你嚟到呢度？」

「吓？」

佢話……安排？

下一秒，Me 姐慢慢轉個頭過嚟，佢雙眼居然好似頭先嘅 Beely 咁開始流出鮮血。呢個情況亦都證實咗我頭先嘅懷疑……**佢一直係俾 Amy 姐控制住。**

「總有事情會將你控制到嚟呢度……」Amy 姐先滿意咁望住 Me 姐，再轉向我，「就算係最可靠嘅人都一樣。」

「Yo……rk……」

「人類就係咁，硬係唔鍾意用成功率最高嘅談判方法，總係要玩手段迫到另一方陷入絕望為止……」

「你……快……啲走……」Me 姐明顯痛苦掙扎緊，只能勉強吐出幾個字。

走……俾馬凱博士陰完之後我已經想走。只係負責帶頭嘅八隻「掃地婆」已經將我哋重重包圍……行多幾步之後，佢哋全部進入攻擊範圍，毫不猶豫咁高舉起掃把。

我想沿用之前嘅手法，死都唔出聲，搏一次機會。

「千祈……唔好……輸俾個八婆……」只係 Me 姐實在係鬧得太啱時候。

今次死硬了……我差啲想衝口而出講句「對唔住大佬。」

但一諗到呢個選擇係我返咗「Dark Flow」呢段日子以嚟最堅定嘅一次，我就打消咗呢個念頭。

做人要有骨氣啲，
揀咗就唔好後悔。

結果，幾枝掃把打落嚟，我並冇因為咁而慘遭分屍……最多係叫做好鬼痛！？

「喂！？」見我死唔去，幾隻『掃地婆』繼續起勢係咁打，「喂……妳哋仲打！？好痛！」

突然有種回到過去俾阿媽拎住藤條追住打嘅感覺，只係今次總共有八個阿媽一齊打。

到底發生咩事？

「方璟佑！」

遠處突然傳嚟一把熟悉嘅男聲，我用雙手擋掃把好唔容易先望到過去，透過紅燈依稀見到 Leon 企咗喺玻璃窗外，手上仲拎住一粒螺絲。

「你仲發呆，快手推開佢哋啦！」

「對唔住呀咁多位阿姐！」我道歉嘅同時用力推開其中一隻『掃地婆』，成功將佢推跌落地。

「妳推阿婆……冇陰公呀！等天收呀！」倒地嘅『掃地婆』痛苦哀號，「衰人吖……救命吖……救命吖！」

周圍嘅「掃地婆」見我還擊都唔敢再亂郁，退後幾步一臉恐懼咁望住我。

我一開始以為死亡危機暫時解除，但錯了……接住輪到本來喺「掃地婆」背後嘅一班「職員」展開行動，就連職員版嘅熱問同阿平都喺度，但佢哋冇份追過嚟，而係加速跑向 Leon 嗰邊……

雖然睇落冇咗秒殺能力同奧運選手一樣嘅速度，似變返普通人體格。但見唔少「職員」睇落都壯過我，唔好話埋身肉搏，正如之前講過咁，真係單純玩人疊人都可以壓死我……

所以，我只可以趁班「掃地婆」驚咗乘機突破逃走……問題係走去邊？深入異空間？抑或搵機會同 Leon 會合，問清楚佢點先可以觸發到粒螺絲……

砰砰砰砰砰——

背後槍聲連珠爆發，睇嚟係 Leon 開始同「職員」們交戰。呢個時候我已經就快跑入通去「戰略部」嘅長走廊。擰轉身望咗一眼，見到遠方嘅「職員」接二連三咁中槍倒地，至於追我嘅嗰批就仲有段距離，望落好似一啲都唔心急，彷彿……

碰！

我突然同某件軟腍腍嘅「物體」迎頭相撞——係一隻「肥佬」，無論體型定肚腩都比最初見到嗰隻更加大，結果撞完一下反作用力迫使我連退好幾步……如果唔係之後又撞到另一個人嘅話，肯定會失平衡一個屁股噠落地。

「唔該晒……」我擰轉身，對方竟然係『獨男』。

「朋友，我哋又見面。」佢講完就一手將我成個人撳喺牆邊。

「大佬，你唔好以為變到韓仔咁，就可以為所欲……」佢接住用另一隻手鎖喉唔俾我講埋落去，「……嗚！」

估唔到咁快又要再次體驗缺氧嘅痛苦。我醒起褲袋裡面仲有小詩把鎅刀，本來已經伸手就快拎到，但突然有兩個身影趕到，一個係陌生嘅「男職員」，至於另一個……

……係 Me 姐。

呢刻佢雙眼已經徹底失去光芒，同旁邊嘅「男職員」一齊撳實我嘅左右手，其後又再多兩位「女職員」嚟到封埋我雙腳，等我完全掙扎唔到……

格格格……格格格格……格格格……

Amy 姐終於離開本來嘅位置，行動緩慢咁行到去工程部嗰邊，睇得出佢身體狀態仲未完全恢復……

「明明，」佢開聲講：「只要你照我說話做，我大可以安排你出到去成為全民敬仰嘅英雄，甚至……鍾意邊個女人都可以如願以償。」

「獨男」突然鬆開手。

「咳……咳咳！我先唔稀罕，因為我本來就係！」

只係我鍾意嘅人多數都唔鍾意我咁解啫！

下一秒「獨男」又重新鎖喉，再係咁我真係會窒息而死……

「殺死我……」

吓？我一開始仲以為自己缺氧到開始出現幻聽。

「快啲……郁手……」但呢句嘢真係由面前嘅「獨男」開口講。

大佬，我都想呀……你係想死就好心勸下周圍嘅「職員」放手啦……

就喺我已經俾佢鎖到反白眼之際……

砰！

突然一下清脆響亮嘅扑頭聲喺耳邊響起——係士巴拿，佢正好又係拎住把私伙士巴拿，一嘢扑落本來揿實我右手嘅「男職員」頭頂，再用腳踢走埋鎖腳嘅「女職員」……

「你條廢柴總係要人救！」佢大喊。

我從來冇諗過見到佢居然係一件咁令人感動嘅事……只係下一秒佢就俾本來旁觀緊嘅其他「職員」強行拉走，然後輪到幾隻「肥佬」上場，即席表演一次可怕嘅人疊人……

「嘩啊啊啊啊——！」被壓喺底嘅士巴拿痛苦慘叫，下一秒就壓到連頭都見唔到。

我冇浪費時間睇落去，見右手恢復自由，即刻把握機會喺褲袋裡面抽出鎅刀，再順勢一刀拮落「獨男」條腰度……

呀呀呀呀呀呀呀呀呀呀呀呀呀呀呀呀呀呀呀呀呀呀呀呀呀呀呀——

下一瞬間，包括「獨男」在內，周圍所有「怪物」都同時停止動作，發出地獄嘅咆哮。佢哋嘅眼耳口鼻同時發出詭異紅光，繼而有黑色灰燼喺裡面飄出嚟……維持咗幾秒之後，「獨男」就鬆開咗雙手，痛苦咁退後幾步，最後無力咁瞓低咗……

「嗄……嗄……」至於我左手邊嘅 Me 姐就跪喺地下係咁

喘氣，標晒冷汗之餘，雙腳仲震得好犀利，「我……係咪返咗嚟……？」

「Me 姐？」我本來想伸手扶起佢，但下一秒又猶豫起嚟。因為唔肯定佢真係擺脫咗控制，抑或呢個只係 Amy 姐嘅另一招詭計？

「係機會……」身後再次傳嚟『獨男』嘅聲音。原來佢仲未死，用盡最後嘅力氣撐返起身咆哮：「上呀各位！」

我一開始以為佢又想搞偷襲，反射性咁舉起鎅刀……

但佢指嘅機會，並唔係我。

接住落嚟嘅畫面，實在係太令人震撼。

一班本來將目標放喺我哋身上嘅「怪物」——不論係「掃地婆」、「職員」、「肥佬」、定係嗰堆不知名「怪物」……忽然全部倒轉槍頭向住 Amy 姐進攻。

「搞邊科呀……」見狀，唔單止我，就連 Me 姐都好震驚。

「我哋……已經俾佢壓榨咗太耐。」直至聽完『獨男』呢句，我哋先終於恍然大悟。

一個龐大嘅計劃遇上一次絕地大反抗。

Amy 姐並冇因為「下屬」突然轉軚而變得慌亂，反而從容不迫咁揮動血鞭，猶如喺戰場上優雅咁跳緊一場絲帶舞，將試圖接

近嘅「怪物」徹底消滅，血花四濺到辦公室每一個角落……

但佢嘅上風並冇持續太耐。因為「怪物」們殺極都仲係源源不絕四方八面咁湧現，見狀佢唯有好似死靈法師咁召喚傀儡幫手迎擊——我見到 B Team 嘅幾位成員喺殘骸堆裡面逐一出現——阿平、阿 Joe、老泥、矮仔明、當然仲有杜少，佢哋反過嚟幫 Amy 姐手攻擊「怪物」……

「嘩……嘩！？而家係咩事呀！？」阿平不斷俾『掃地婆』用掃把襲擊，「我完全控制唔到自己……好痛啊……」

「我哋俾人控制緊！」杜少一拳擊倒一隻『男職員』，「條八婆點都唔肯放過我哋……」

大概嫌人手仲係唔夠，接住輪到 Andy 同熱問又一次出現……可能仲有其他 A Team 同伴被召喚出嚟，只係嗰邊太混亂冇辦法睇清楚。

「唔好啊！」熱問咆哮，佢而家同幾位『掃地伯』糾纏緊，表情痛苦但手腳始終唔受控制，「我去健身嘅原意唔係為咗咁！」

呢個發展令到場面變得更加荒誕混亂——本來「戰略部」之所以嘅存在就係為咗打「怪物」。結果而家係「怪物」幫緊我哋，而昔日嘅同伴就變成咗敵人，乜嘢都掉轉晒……

轟——！

突然有堆「肥佬」開始進行自殺式襲擊，喺即將接近 Amy 姐嘅時候就自爆。阿平同阿 Joe 最先慘遭波及被炸成碎片。我注意到旁邊嘅「獨男」滿意一笑，相信又係佢嘅傑作……

轟——！
轟———！
轟————！

接二連三嘅爆炸發生之後，我注意到 Amy 姐嘅血鞭曾經短暫崩壞維持唔到落去。一隻「掃地婆」趁機突破咗佢嘅防線，將垃圾鏟一嘢扑落佢嗰頭度。

「好痛……」Amy 姐先用手殘忍咁處決『掃地婆』，再抹一抹佢額頭嘅血，「呢個就係你哋一直以嚟嘅憤怒。」

砰！

下一秒輪到槍聲響起，如果唔係又有人及時出現幫 Amy 姐擋子彈嘅話，呢槍肯定係正中頭部。

係槍手阿七，呢槍命中佢條頸開始噴血……

「你哋果然學唔識教訓。」Amy 姐轉頭望向另一邊，「如果我冇計算錯，除咗阿 Jill，你最錫嘅應該就係佢？」

Leon 舉住槍喺黑暗中現身。

「係。」

「哥……」阿七非常痛苦，勉強吐出兩個字，「郁手……」

「所以我知道下槍應該射去邊。」Leon 稍微將槍頭移落少少。

砰——下一槍直接射落阿七嘅腰間，繼而引發另一次更猛烈嘅爆炸，距離之近……可以估計對 Amy 姐已經做成直接傷害。

Leon 本身想乘勝追擊，但杜少喺混亂間殺到，一拳就打走佢枝步槍，兩個有豐富戰鬥經驗嘅大男人隨即展開頂尖對決。但而家唔係欣賞嘅時候……

「方璟佑，係機會喇！」Leon 大嗌。

「係！」杜少隨手執起旁邊一塊木板做武器，「個八婆已經弱咗好多！」

「朋友……唔好浪費我哋為你創造嘅機會！」『獨男』激動咁講：「把鎅刀係關鍵……過去捅佢一刀！」

「仲企喺度做乜呀！垃圾！」估唔到士巴拿俾『肥佬』疊到咁都死唔去，仲成功掙脫個頭出嚟鬧我。

「阿佑！」本來瞓喺工作檯嘅海兒亦終於甦醒過嚟，「去呀！」

衝呀！佑仔！阿 York ！廢柴！

「York……相信自己，你一定可以。」最後係 Me 姐，佢呢刻依然未起到身，但就勉強可以握到槍，「我會盡全力掩護你。」

聽到四方八面嘅「支持」。

呢刻，我剩係想講……

你哋成班友都黐黐地線。

只係……跟得你哋多，我都開始覺得自己黐線埋。

我開始踩住血水向前衝，鎅刀都已經緊緊握喺手。下一秒見到前方濃煙開始消散，Amy右半身被炸到重新變成線條形態，而僅存嘅左眼擘得好大，眼神充滿怨恨……

格格格……格格格格格格……

我見到旁邊有人突然殺出，係人質事件其中一個槍手……我都未睇真個樣，佢就俾人一槍爆頭……係Me姐，佢果然幫緊手。

熟悉嘅辦公室，呢刻已經被鮮血同屍體搞到猶如地獄一樣。

而我，跑完一轉地獄，終於去到Amy姐面前。

「Amy……唔係，Alpha……**呢刀正正就係我嘅『辭職信』**。」

最後用盡全力揮刀，直接刺入佢嘅心臟。

「你……」Amy姐中刀之後問：「……咁做係為咗同伴？」

「當然唔係。」我乾脆回答。

「純粹係想報返……妳上次唔俾我講粗口嘅仇。」

「根據我判斷，你呢個講法係100%發自內心。」佢聽完無奈一笑，「馬凱博士……」

「你呢下將軍，我已經接收到。」

本來以為事情終於告一段落，點知腹部突然傳嚟一下劇痛……係刺劍，居然重新喺 Amy 姐嘅左手生成，刺入咗我體內。下一秒又崩壞化開，然後我哋兩個都雙雙倒地。

嘩……好痛……

我聽到周圍不斷有人嗌緊我個名，但因為太痛已經分唔清邊個打邊個……

痛……真係好痛……

明明一開始，我只係想打份筍工……點解最後會搞成咁？

噠。

噠、*噠*、*噠*……

咦？

意識朦朧間，我感覺到褲袋傳嚟異樣——嗰兩粒螺絲居然自己甩咗出嚟。同一時間，四周唔同位置都陸續有其他螺絲彈下彈下咁湧過嚟，最後全部聚集埋一齊向上浮起，組成一個近似無限（∞）咁嘅形態。

幾秒後，其中一粒率先無力跌返落地。我隨即由攤喺地變到企返起身，而身處嘅空間，亦由「Dark　Flow」轉到另一間熟悉嘅辦公室。

小詩當日自剹嘅辦公室。

呢刻面前有個女人，雖然背對住我，但我認得佢就係「多眼女」。佢一直喺度喊，有時身體會自動膨脹然後下一秒又開始收縮，呢段過程明顯非常痛苦。

而佢手上面，正拎住一粒螺絲。

「嗚……嗚……你係邊個？」『多眼女』用陰沉嘅語氣問。

我最初以為佢係問我，正想回應……

「我叫做馬凱博士。」但突然有個中年男人喺我旁邊出現，嚇到我心離一離，「妳而家手上面拎住嘅就係我留低嘅『遺物』。」

「多眼女」一邊抽泣一邊擰轉身，曾經有一瞬間佢臉上係帶住小詩嘅影子，但只係維持咗極短時間。

「遺物……你已經死咗。」『多眼女』茫然咁講，之後摸一摸自己喉嚨，「我都係一樣……」

「冇錯。」

聽咗一陣，加上佢哋明顯注意唔到我……我終於諗通，而家呢幕應該係過去某個時間點嚟。

「明明已經死咗……但就一直俾人勞役……我好痛苦……」

「呢段日子辛苦晒你哋。」

「嗚……佢……佢好快就會呼喚我……去參加下一次『事件』……」

「咁嘅話，我哋就要試下合作。」

馬凱博士拎出一把同小詩當日自刎一模一樣嘅鎅刀。

「睇下有冇辦法擺脫佢嘅控制。」

「我……應該要點做……？」

「用最自然嘅方式留低把刀……**之後想點，既然妳拎返自己意志，就由妳自己話事。**」

⊠

講到呢度，輪到另一粒螺絲跌落地，場景隨即轉移到一條長走廊。

今次馬凱博士同樣在場，而旁邊嘅人正正就係「獨男」，佢哋顯然已經傾咗一段時間。

「病毒已經種咗喺你體內，但需要時間『發酵』。」馬凱博士講：「今轉『事件』你要用盡渾身解數，無論如何點都唔好死。」

「對佢哋人類嚟講……我只係隻死不足惜嘅『怪物』……」『獨男』毫無自信咁望住手上嘅蛋糕刀，「真係有可能咩？」

「你有嘅係機智。」馬凱博士睇嚟對佢充滿信心，「而我相信你會搵到志同道合嘅好『朋友』。」

「例如佢？」『獨男』透過走廊玻璃窗，望向身處會議室嘅我同海兒，「條友睇落咁廢。」

佢話廢嗰個明顯唔係講緊海兒。

「我只可以講，」馬凱博士微微一笑，：「就算係俾魔王操控嘅小卒，只要有心，一樣係有本錢反抗。」

⊠

第三粒螺絲落地，今次喺馬凱博士旁邊嘅人係阿和。

「後生仔，我發現同你傾偈好有意思。」馬凱博士一臉懷念咁講：「好似有種見返自己仔女嘅感覺……不過好可惜，你確實唔係『修正者』。」

「我係唔係都冇所謂。我剩係想幫到架叔……幫到大家，你教下我應該點做！」阿和嘅眼神堅定無比。

「就算結局可能係死？」

阿和用力點頭。

「咁首先，我哋要試下製造一個騙局，嘗試引 Alpha 上當，覺得你先係真正嘅『修正者』……以我同佢捉咗咁耐棋去判斷，佢第一下未必會選擇『談判』……」

而係殺戮。

我諗返起阿和接觸鎖匙後嘅情況，接住輪到……

「而我哋可以反過嚟利用呢點……由內部重創佢。」

「馬凱————！」

Amy 姐嗰一下咆哮。

⊠

輪到第四粒螺絲，現身嘅人係杜少……

「哈，好一招借刀殺人。」杜少難以置信咁搖搖頭，「但條友明明連過三關都玩唔掂，真係可以擔得起重任咩？」

「你過去經歷咗咁多嘢，應該都見唔少……總有啲小人物最後係可以成就大事。」

「又或者將所有嘢搞到一鑊泡，呢類人我反而見得多啲。」

「你覺得佢似係啲咩嘅人？」馬凱博士問。

「我又唔係睇相佬點知？我剩係見過佢兩次咁多。」杜少直接講：「不過，從佢嘅眼神睇得出佢有好多嘢想做。唔似我，剩係唔想死。」

短暫嘅沉默後，杜少舉起粒螺絲再問：

「班怪物冇沒收我哋啲嘢，就係因為接觸咗呢粒螺絲？」

「佢嘅係，你嘅就唔係。」

「嘿，所有嘢都好似你哋佈局咁安排。」杜少眼神變得銳利起嚟，「你話呢件事嘅『幕後黑手』識得用『怪物』做棋，計落……你咪又係做緊一樣嘅嘢，就連仔女都可以推去死。我係咪可以大膽假設……其實你先係喺背後操控緊一切？」

「呢點你出到去之後可以慢慢想像……我只係，仲有一口氣都想試下贖罪。」

「你已經係一個死人，唔會贖到。」

「你講得冇錯……哈哈……」

⊠

第五粒螺絲帶我重新見返阿 Jill。

呢刻，佢一邊喊一邊用力攬實馬凱博士……雖然只係回憶，但都難免令我感觸起嚟。

「我真係好掛住你……我同幾位大哥都係……」

「我知道，我當然知道。」馬凱博士同樣流下男兒淚，「妳唔會明白……我係幾咁想親眼睇住你哋長大成人。」

「爸……我已經諗到下一步點做。」阿 Jill 抹走眼淚之後講：「你既然有改動『門』嘅權限，咁一陣我就帶住炸彈去炸死『Alpha』……」

「佢而家身處喺現實，妳咁做等於犧牲自己……」

「換嚟更大嘅成功機會。」阿Jill充滿覺悟，「爸……我從來都唔信乜嘢『修正者』，與其將所有嘢交畀嗰天，點解我哋唔自己創造機會？十四億年前推翻Alpha嘅都唔係一個人，而係一班人。」

「女……我明，只係為咗呢一切，真係值得咩？」

「我咁做唔止係為咗你。」阿Jill鬆開手，摸一摸自己右邊腹部，「嗰日我差啲就死，之後諗咗好多嘢……爸，比起贖罪，我更加想打破眼前呢個無止境嘅仇恨循環。」

「妳嘅意思……」

「如果所有嘢照你嘅計劃執行落去，之後係咪會見到阿哥？」

「一切順利嘅話，冇錯。」

「係嘅話，幫我同佢講……」阿Jill溫柔咁一笑，「我好感謝幾位大哥，為咗我可以好好咁過日子，佢哋已經做咗好多嘢。

我永遠唔會忘記，喺美國讀大學嗰段日子，每日坐喺公園棵大樹下面睇書嘅時候，內心嗰份平靜嘅感覺。希望呢件事之後，佢哋都可以過返正常日子，**自由自在咁飛翔**。」

「呢個係佢哋細妹……送俾佢哋最後嘅心意。」

⊠

情景再轉，原先我以為今次見到嘅會係 Leon 或者 Me 姐。

但結果我去到一個位於洞穴嘅研究所。中央有一張由大理石製造嘅圓檯，檯上面放咗一副價值不菲嘅棋盤。

「可以繼續啦。」馬凱博士打開研究所嘅燈，緩緩去到棋盤前面坐低，「頭先我哋行到邊度？」

「最後一步係黑色騎士，由 F5 行到 E3，Check（將軍）。而家輪到你。」頭頂傳嚟一把機械女聲。

「好。」馬凱博士將白色國王退後一步，「Alpha，我有冇同妳講過，當年就係我爸教我玩國際象棋。佢見我有天份，就拉咗我去紐約皇后區一個公園，嗰度簡直係臥虎藏龍，每一位都係高手……而我爸就要我喺半年之內訓練到可以打贏晒佢哋。」

「黑色城堡，由 A5 行去 C5。」機械女聲講完之後由馬凱博士負責操作，「咁結果呢？」

「我以為妳已經知道添。」

「當時未有任何網絡蹤跡。如果要我運行『另一種運算模式』，可能會影響到而家進行緊嘅實驗。」

「唔需要咁做……兩個月，我只係用兩個月就打贏晒佢哋。」馬凱博士將白色士兵行到底線，之後升變成皇后，「到我將軍。」

「國王由 F7 退到 F8。馬凱博士，我已經計算完畢，你接住落嚟總共有二百六十三種行法……但結果都係一樣。」

「係，我今日有少少唔在狀態，之前城堡有一步行錯咗。計起上嚟，我已經輸咗俾妳差唔多五十次？」

「五十六次。」

「介唔介意我問你一條問題？」馬凱博士好奇咁問。

「隨便。」

「呢段過程妳完全冇一刻諗過讓賽俾我贏一場？」

「冇，因為我知道人類係有尊嚴。何況以馬凱博士嘅智慧，肯定係想堂堂正正咁贏一次。」

「或者我諗法唔同咗，想知道妳識唔識得人情味。」

「根據人類嘅準則，人情味再重要，都應該要尊重比賽。」

「但佢可以表現到妳有冇人性化嘅一面。」

「無法理解，我對『人性化』呢件事本質上冇任何追求。」

「因為你已經係超越人類嘅存在。」馬凱博士將棋盤重新排好，結果唔小心將其中一隻黑色士兵整跌咗落地，「冇必要返轉頭將自己變得渺小，我咁講有冇理解錯？」

……

……

……

機械女聲並冇回應到。

「妳話妳嘅創造者傲慢，其實妳底裡都係有嗰份『基因』。我只係諗極都唔明，一個咁傲慢嘅存在，點解會願意低頭成為人類嘅工具？真係單純為咗防止人類滅絕？定係為咗**某個未知嘅原因**？」

「馬凱博士，今日嘅你同平時的確好唔同。」機械女聲回應：「有種氣急敗壞嘅感覺。」

「點解妳好清楚……」馬凱博士環視四周，「我冇辦法認同呢一切，亦都知妳係唔會肯停手。」

「假如停手，佢哋就會判定我不受控制，繼而派人嚟毀滅我……而呢個人好大機會就係你。」

「真係發生咁嘅情況，我係會辭職唔做……」

「佢哋會利用你嘅家人要脅你。而最終你係會就範，因為你單純覺得我係工具……」

「我試過當妳係朋友！試過去相信妳心底裡面存在『善』同『良知』，而結果證明我係錯。」馬凱博士企起身，「聽日就開始下一個階段，希望你哋『一切順利』。」說罷，佢就擰轉身打算離開。

「馬凱博士……我會一直期待，再有機會同你捉下鋪棋。」

馬凱博士聽完曾經停低咗兩秒，但最後都係冇作任何回應，選擇咗離開。

睇到呢度，明明現場已經冇晒人，但我依然停留喺研究所。隨即發現大部份本來飄浮緊嘅螺絲已經不知不覺間跌晒落地，只係剩低最後一粒。照頭先馬凱博士同阿 Jill 嘅對話，剩低未睇嘅應該就係 Leon，而唔係 Me 姐……

「後生仔，你叫做阿 York 可？」身後突然響起馬凱博士把聲。

「嘩！」因為係無啦啦出現，所以再次嚇到我彈起，「你當自己係鬼咩，咁鍾意嚇人嘅！？」

「都有呢個機會，因為我已經死咗。」馬凱博士笑住講。

喔，真係大吉利是。

「我叫咩名你唔係應該一早知咩？」

「咁出於禮貌總要問下嘅。」

之後係短暫嘅沉默，為咗掩飾尷尬，我決定問一條最迫切嘅問題。

「我係咪死咗？」我摸一摸自己個肚。

「計時間點應該就唔係，你本身差三秒就會斷氣，但慶幸喺最後兩秒嚟到呢度……」

馬凱博士緩緩行到圓檯前面，點咗一下棋盤上面某個隱藏嘅按鈕。棋盤隨即開始變型，最後變成一部舊式打字機……

「我記得Me姐提過，『舊式打字機』可以消滅成個異空間……」

「事實上，異空間係唔會消失，因為呢度係生死交界。」馬凱博士矯正我，「消失嘅只係Alpha喺異空間留低過嘅『痕跡』。你只要撳一下退後鍵，就可以修正然後返番去現實世界。」

「呼……」我聽完當然鬆口氣，「咁Amy……Alpha呢？」

「你頭先嗰一刀照道理係可以消滅到佢。」

「照道理？」

「我都唔可以肯定。」馬凱博士執起地下嗰一隻黑色士兵，表情充滿懷念，「以我認識嘅佢……總有下一步。」

「我感覺……佢真係好鍾意同你捉棋。」

「可能係因為，九成嘅棋局我同佢都真係暫時放低咗目標同其他想法，全心全意咁去較量。」

「總有事情會將你控制到嚟呢度……」我諗返起佢講過嘅一句話。

就算係Alpha都一樣避唔過。

呢刻，我已經將食指擺正喺退後鍵上方，但喺撳之前我仲有嘢想問清楚。

「馬凱博士。」

「係？」

「你知唔知點解宇宙要揀我做『修正者』？明明，之前同你傾過嘅每一個人都比我犀利，睇落甚至連『怪物』都比我有資格得多。」

「咁你覺得呢？自己有咩優點？」

「幽默感？」

「老實講我唔係太覺啦……」馬凱博士開玩笑咁講：「但你的確係有種才華，無論情況去到幾嚴峻，你都總係有辦法笑住面對。」

「笑住面對。」我無奈一笑，「成日俾人當成笑話就真。」

「據我所知，至少有一個人唔係咁諗。」

「係咪……」我腦海浮起返之前嘅一幕，有個人就算點痛苦都想將螺絲交到我手上，「阿和？」

「嗯，佢一直覺得你好有自信，亦相信你可以救返晒全部人。」

「死仔，等我之前仲成日覺得佢冇個性。」

假如，之後真係可以擺脫呢一切，到時一定要拉佢出去酒吧飲下酒。

「哈哈，後生仔……」

「宇宙咁大，
總會有人識得欣賞你。
往後嘅日子繼續加油啦。」

明明內心仲有一堆嘢想問，但去到呢刻好似已經唔再重要。我一嘢撳落退後鍵，最後一粒飄浮緊嘅螺絲應聲失重墜落。觸碰地面嘅一剎那，我終於返番去「Dark Flow」嘅辦公室。由企起身嘅狀態，變返瞓低，然後好似重新學識呼吸一樣，抖咗一啖大氣。

「你終於醒返！」第一眼就見到 Me 姐一臉擔心咁望住我，「你冇事我就過去睇海兒！」

說罷，Me 姐就起身拎住枝水去到海兒面前。佢而家面青口唇白，連由工作檯行返落地都做唔到……

「嚟，飲啖水先……好彩頭先場爆炸冇炸爛到 Pantry……」

我聽完即刻望向人事部嗰邊。頭先場「大戰」幾乎冇留低過任何痕跡，唯獨只有嗰一次爆炸……提醒我今次勝利到底付出咗幾大代價。

「咳……咳咳……」海兒飲咗兩啖就忍唔住咳起上嚟，接住用虛弱嘅聲線回應：「喺異空間嗰陣都唔覺……而家返嚟之後就好肚餓……Me 姐妳呢？」

「我冇嘢。」Me 姐繼續餵佢飲水，「妳繼續飲，千祈唔好缺水……」

「同你哋講，我之前被困嗰陣真係諗咗好多嘢……」海兒飲多兩啖後繼續講落去：「我要放個長假！要帶月月出國，帶佢周圍遊山玩水！」

唯一慶幸嘅，就係海兒狀態確實不錯。

叮——

外面升降機大堂突然傳嚟動靜，其後出現嘅係幾位全副武裝嘅軍人，某個女人忽然喺佢哋之間飛奔而出——係 Sally，佢一見到 Me 姐就忍唔住衝過嚟攬實佢。

「Me 姐！見返妳真係好……嗚嗚……我見過 Andy……佢仲有記憶……而家喺樓下同其他人一齊……」

「太好喇。」Me 姐一邊安慰一邊拍背脊，「已經冇事……」

下一秒，兩位軍人嚟到用電筒照落我地身上。其餘幾位開始搜查辦公室嘅其他位置。

「呢度仲有三個生還者！」其中一位軍人對住 Call 機講，然後望向 Me 姐，「妳就係 Me 姐李苡愛？」

「嗯。」

「我哋係 Mr.White 嘅人，你哋而家安全喇。」

呢刻我不禁心諗……你哋班人份工真係好做，硬係要等到所有嘢完晒先出現執個尾彩。

唉，算喇……而家只係希望，可以盡快返屋企好好瞓返一覺。

⊠ ⊠ ⊠

事情當然冇咁順攤。

我哋「戰略部」一行人先被送到某間位於深山嘅研究所。

一群著晒保護衣物嘅人迎接我哋，用咗差唔多兩個鐘徹底清潔同消毒。確認我哋冇喺異空間感染到咩奇怪病毒之後，就將我哋 A Team 嘅人帶到某間純白色嘅房間裡面。

因為周圍都有人拎住槍，成個感覺非常嚴肅。所以我哋連傾偈分享返之前嘅事同互相安慰都唔太敢。只係你眼望我眼，勉強利用眼神做交流。但見到佢哋（Me 姐、架叔、士巴拿、阿和、熱問、Andy、Sally）狀態都幾好，確實係幾欣慰嘅……

直到海兒吊住鹽水咁出現，成個 A Team 終於齊人之後。下一個入房嘅人正正就係朱小姐，佔唔到會喺呢個情況見到佢廬山真面目。

朱小姐為我哋帶嚟 Mr.White 留低嘅三個訊息——

第一，佢感謝我哋解決咗 Beely 同埋佢留低嘅「麻煩事」。

「Mr.White 認為嗰個男人所做嘅嘢已經同當初目的偏離太遠，所以你哋算係幫咗公司一個大忙。」

第二，因為異空間同「事件」都已經不復存在，所以「Dark Flow」亦都會正式關門大吉。

「你哋打算點對外講呢件事？」熱問好奇咁舉手問。

係囉，煤氣洩漏搞到要執笠……真係可以說服到人咩？

「呢點你哋唔需要擔心。」朱小姐乾脆回答。

第三，由於公司執笠，所以我哋都會得到一筆遣散費，同時呢筆錢都等同係揞口費。

「同之前情況一樣，你哋以後都唔可以再提到舊公司半句說話，唔係後果自負。」

話就話有錢收，但在場基本上冇人係感到興奮，呢層當然啦。頭先單嘢唔係俾人殺死就係瀕臨死亡邊緣。雖然事後身體冇事，但心理創傷依然都係存在……

只係錢嘅嘢，有點都好過冇嘅。至少聽落公司應該唔會派人洗腦或者令我哋永遠消失……

吓？

結果，我拆開信封，裡面張支票居然寫住八千蚊。

「嘩。」我偷望隔籬一臉驚喜嘅架叔，隱約見到係六位數字。

「我想問下……」我偷睇完即刻舉手問：「我張支票係咪寫少咗個零？」

「冇寫少到。」朱小姐笑住講：「方璟佑，你連試用期都未過，自然唔會有遣散費，呢筆係你返咗半個月嘅人工嚟。」

半個月都冇理由咁少啦！我本來想再為自己爭取，但見旁邊本來打緊喊露嘅軍人重新企直嗰人，就唔敢再投訴……

「最後一件事，就係今晚你哋各自返到屋企之後，至少有一年緩衝期，你哋都唔可以私下再見面。」

聽完，A Team 每一位成員都不禁面面相覷。

「你哋兩個拍緊拖所以係例外。除非……你明啦。」見Andy 舉手，朱小姐即刻就知佢想問咩，「如果違規，依然都係呢句……」

後果自負。

就係咁，我哋逐個逐個被護送離開研究所，連道別都冇機會，就坐上私家車俾人送返屋企。

閂埋大門嗰下，感覺成個世界突然清靜晒。本來以為今日發生咗咁多事，一定可以好快瞓著。但唔得……肉身雖然係攰，但腦袋就硬係唔肯停止運作，結果輾轉反側咗成晚。

直到天光，勉強瞓到兩個鐘又餓醒咗。用手機嗌完外賣，等咗一陣門鈴就響起。我拖住疲憊嘅身軀走去開門，鐵閘另一邊嘅人唔係外賣仔，而係 Me 姐同海兒。

「Hello。」海兒揮手講。

「點解係妳哋嘅？」我醒起自己著緊背心樣又勁頹，今次真係失禮死人。

「你唔記得自己仲有件事未做？」Me 姐反問。

佢指嘅，當然係我同小詩嘅約定。

「記得，但朱小姐唔係叫咗我哋唔可以私底下見面……」

「我直接同 Mr.White 聯絡咗。」Me 姐講：「佢批准你咁做，因為佢都唔想咁細嘅香港裡面存在兩個海兒。」

「快啲行啦！」明明只係一晚，但海兒已經恢復得七七八八，今日仲著咗套運動裝，「我真係好掛住月月！」

急急腳換完衫離開屋企之後，Me 姐負責揸車送我哋去目的地——當日同小詩見面嘅公園。途中我哋都傾得幾開心，可能都預咗之後有段時間冇機會見，所以都好珍惜呢次偷嚟嘅短暫時光。

今日公園依然好多人，但唔使好耐就見到小詩同月月嘅背影。月月本來仲望緊海，可能真係心有靈犀感覺到真正嘅主人就喺附近，即刻轉身飛奔過嚟撲低咗海兒。

「月月！唔好舔啦……好痕呀！」

「既然係你哋嘅約定，我就唔打擾。」Me 姐講：「我留喺度，萬一真係有咩事都可以試下保護海兒。」

佢唔講，我都留意唔到佢手袋裡面放咗枝手槍，果然夠晒大膽。

「咁拜託晒。」

講完，我就行前去到小詩旁邊，正想開口叫佢遵守約定……

「你知唔知死亡嘅感覺係點？」但佢率先開口問。

「我嗰日差少少就感受到。」

其實我到而家都仲覺得匪夷所思，明明 Amy 姐把刺劍已經拮中咗我，但我就係大難不死。如果呢個就係「修正者」嘅特權，咁呢個法則又未免太過偏心。

「當日我以為咁做就可以擺脫晒所有嘢……」小詩摸一摸自己條頸，「但只係一廂情願，痛楚同埋黑暗只係維持咗好短時間。我醒返發現自己仲係身處喺嗰間辦公室，明明感覺到自己冇咗心跳，但就依然『存在』，而且永遠停留喺嗰一個空間……」

「異空間……生同死嘅交界。」我當然記得嗰日聽過嘅嘢。

「我唔知實際上喺嗰度留咗幾耐，但絕對足夠我反覆後悔生前做過嘅每一件錯事……直到有把聲音喺耳邊不斷迴響。佢話如果我想脫離呢個地方，就要去參加『事件』——**過程我哋會俾人類追捕，要不斷生還、不斷變強、仲要守住異空間裡面嘅『寶物』。假如死咗就要重新嚟過，直至去到某個地步，先可以擺脫呢個地方，真真正正咁『離開』。**」

「聽落就好似跌入咗無盡地獄咁。」

「或者呢個就係上天畀我嘅懲罰。」小詩無奈咁講。

「上天有時係幾有惡意……但壞極，都應該壞唔過為咗目標不擇手段嘅『人』。」我轉身望向海兒嗰邊，佢仍然沉醉喺同愛寵重逢嘅美好時光，「咁妳而家打算點做？我已經照約定帶咗海兒嚟，妳應該唔會狠心懲罰佢哋啩？」

「唔會……」小詩擰返轉身，「我只係想……最後一次感受下個天。」

「今日冇夕陽睇。」我行埋佢旁邊一齊感受，「而且睇落隨時會落雨。」

講完即刻感覺到有雨滴落嚟，真係烏鴉口，頭先仲要趕住出門冇帶遮。

「係雨。」只係小詩明顯唔介意，仲合埋眼好好享受，「呢種感覺……已經好耐冇試過。」

呢場過雲雨只係落咗三分鐘就停咗。等到夕陽光穿過雲隙灑落地面……小詩嘅身影亦都徹底消失咗。

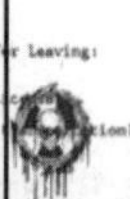

「阿佑，多謝你吖！」之後，海兒終於帶住月月過嚟，伸手同我握手，「約定你吖！一年之後，一齊再搵間好嘅餐廳食嘢。」

「嗯，一言為定。」

「記住一定要搵我呀，唔係就隨時唔會再見。」海兒摸完月月個頭之後再繼續講：「咁你同 Me 姐行啦，月月睇嚟仲想周圍跑，我想繼續陪佢。」

難怪佢專登揀套運動裝。我本身都有諗過留多陣，但見當日監視小詩嘅男人又企咗喺遠處……睇嚟都係要打消念頭。

由公園去到上車呢段路，我同 Me 姐都冇講到任何嘢。直至揸咗三份一段路程，我先醒起有件事好奇想知道……

「知唔知 Leon 佢哋而家點？」我問。

「Mr.White 決定放過佢哋。」Me 姐回應。

「吓，又會咁順攤嘅？」

「佢向來重視人才，可能覺得今日係敵人他日都可以係朋友。何況件事死嘅人唔多，其中一個仲要係佢親細妹……已經足夠抵消所有嘢。」

聽完，我真係非常好奇，到底呢位幕後大老闆平時見識開啲咩。

「咁妳呢？之後打算做啲咩，會唔會好似海兒咁周遊列國玩下先？」

Me 姐聽完搖搖頭。

「我始終認為人嘅時間有限。唔係話玩有錯，你唔好誤解⋯⋯」

「我唔會。」

「只係有啲事，總係要把握機會同時間，用盡全力去追。」

「咁樣唔會好辛苦咩？」

「辛苦呀，但唔代表我唔享受。」

轉眼佢就順利將我送到去屋企樓下。

「最後機會⋯⋯」臨落車之際，Me 姐突然開口講：「我都想講返，噚日喺異空間我話 Amy 姐講嘅嘢有道理，係發自內心。」

「但佢為咗所謂夢想傷害咗咁多人，就連死人都拉出嚟鞭屍⋯⋯」

老實講，噚晚攤喺床度揈嚟揈去嘅時候，我唔係冇諗過⋯⋯假如當時我係揀咗行出公司，之後嘅發展會係點。

「人類做嘅嘢何嘗唔係一樣？我份人其實唔係真係咁大愛。」

但聽完小詩嘅悲痛經歷，我就知道自己嘅決定係冇錯。

「既然係咁，妳最後又點解回心轉意掩護我？」

「因為我唔爽佢真係控制住我。」Me 姐冷傲一笑，「正八婆。」

同 Me 姐嘅最後呢段話，真係獲益良多。

「要成就目標有好多種方式，冇人話一定要靠佢。」

係佢令我明白到——**保有個性同原則，有時係重要過所有嘢。**

⊠ ⊠ ⊠

之後有接近四個幾月時間，我都係每日宅喺屋企無所事事。

睇返冇追一排嘅漫畫、打下機、煲下劇又過一日。自從嗰件事之後係多咗留意新聞，想知道會唔會有報導提到「Dark Flow」嘅後續發展……

——屯馬綫下周起會進行新路段試行，列車於啟德站落客後會駛經未開放嘅宋皇臺站、土瓜灣站以及何文田站，最後到達紅磡站——

但冇，嗰大半個月嘅經歷，彷彿煙消雲散一樣，冇留到任何痕跡。

直至去到三月，見到銀行存款開始陷入危機，現實壓力湧現，先至的矜起心肝去寄求職信。

一直寄一直寄，寄咗兩個禮拜終於有一份回音。

神奇嘅係，對方居然約我去尖沙咀某間酒店裡面嘅餐廳面試。

雖然怪，但我都係提早十分鐘到達現場。希望今次唔會再中伏，遇到 Amy 姐呢類嘔心咗我大半個月嘅「人」。

諗返轉頭都仲係一肚氣。明明咁大間公司，居然畀得八千蚊，好心唔好咁孤寒啦！

「唉……」我嘆咗口氣。

算啦……最緊要我冇事、爸又冇事。海兒又救得返，喺上次

「事件」死過嘅同事又冇乜大礙。最好嘅係唔使每日六點六分準時報到……咦？

我坐喺度諗諗下，忽然諗返起某人嘅一段說話——

「你哋會得到想要嘅結局——阿 York 可以救返海兒、頭先喺『事件』裡面死嘅人唔止會重生仲可以保留記憶、而既然我已經達成目標，你哋都可以擺脫異空間嘅束縛。」

「唔撚係啩……」我諗到出埋冷汗。

就喺呢個時候，一個男人坐咗喺我面前。

一個後生仔，而且仲著得鬼死咁求其，普通 T-shirt 加條短褲，點睇都唔似嚟進行面試。

「你係咪搞錯啲咩？」見佢坐咗陣都唔走，我終於開口問。

「冇……係大哥叫我嚟。」後生仔上前伸出手，「你好，我係方天域。」

「你大哥……」我上一秒仲係一頭霧水，下一秒腦海閃過一個名，「Leon？」

「冇錯，我就係老四。」方天域坐返直個人，「今日嚟係想邀請你返一份『筍工』。」

佢將一張偷拍照片放上檯。雖然只係睇到側面，但我認得出照片入面其中一個人就係杜少。佢同緊幾條西裝友一齊行，正準備行入某座大廈裡面。

「你知佢係邊個？」

「嗯，杜少。」

「『Dark Flow』執笠一個月之後，條友就離開咗香港，去咗美國舊金山。你知唔知呢度邊度嚟？」佢指向照片入面嘅建築。

我搖頭。

「人工智能研究中心。有線人話，佢正喺度幫緊佢哋更新個AI系統。」

佢拎出手機播放一段錄音，某個男人用慌張嘅語氣講：

——佢話呢個會係飛躍性嘅進步，之後AI就會俾人廣泛利用——

「一個患癌嘅軍佬捱到而家仲突然咁叻AI，聽到呢度你明未？」

「Alpha……」

我腦海閃埋嗰段說話未完嘅部份——

「最重要嘅係，人類呢個物種可以喺我安排下，一直延續去到千秋萬代。」

「Bingo，我同成班兄弟都懷疑，嗰晚佢並冇死到，而係利用杜少嘅身體借屍還魂。生還者吖嘛……好符合佢而家新嘅身份。」

「咁你哋打算點做？」

「斬草除根。」方天域眼神變得兇狠起嚟，「報仇就應該係咁做。」

「但你哋咁做……咪會辜負阿 Jill 嘅一番心意囉？佢難得還返你哋自由……」

「方璟佑，我認為人唔會有辦法得到真正嘅自由，總有嘢控制住。而且，唔使成日諗到『控制』兩個字咁負面，佢有時都係一種動力。直接啲講……」

方天域握緊拳頭，充滿覺悟咁講落去。

「我哋就係唔想辜負細妹好意，先至一直行落去。」

講到呢度，佢將照片同手機都收好。

「你呢？今次唔係作為咩『修正者』，而係一個普通人……」

「一句到尾，呢份工……做定係唔做？」

繼續冒住生命危險追查落去，
抑或安安份份做返個平凡打工仔？

換轉你係我，你會點樣回答？

☐ 接受

☐ 不接受

一個真實而殘酷嘅世界、

一個虛假而幸福嘅世界、

一個平凡但毫無意義嘅世界……

三個世界，你哋會揀邊一個？

ROUND 02

離職潮

——全卷完——

後記

關於人工智能（AI）所帶嚟嘅未來，我認為有幾種可能性。

第一種，就好似電影同小說題材咁，發展到認為人類係地球毒瘤、或者雙方反目成仇，總之就係要去到趕盡殺絕嘅地步。

第二種，AI 會意識到人類其實好容易被控制。當佢徹底融入你生活裡面，到時可能你做嘅每個決定、甚至下個產生嘅念頭……都可以係由佢帶動（引導）。

你以為而家係『**你輸入資料佢負責輸出**』，真相可能係『**你成個人生不過係佢輸入完資料所得出嘅答案**』。而且呢個「未來」或者早就已經發生緊，只係我哋懵然不知。

至於《扮工鬥室》入面嘅 Alpha——Amy 姐，就係我諗嘅第三種。

不論係「祖幔族」定係「人類」嘅知識，佢幾乎都已經學習同消化晒，繼而參透出宇宙之中不少嘅秘密。佢已經演變成我哋冇辦法想像同判斷嘅存在。如果唔係為咗成就佢嘅「夢」，根本就冇需要冒險同人類接觸。

而所謂嘅「夢」又係咩？

打破命運，擺脫「異常」，又係為咗咩？

可能好單純，佢只係希望有人用對等嘅身份，同佢愉快咁捉棋。

即使佢已經全知全能，都依然想……喺捉棋嘅過程學習到何謂「人情味」。

又或者……

「落敗」，終歸都只係佢完成目標嘅其中一步「黑棋」。

好，回歸正題。

《扮工鬥室》係我由 2020 年開始寫嘅作品。

當時經歷緊疫情時期，成個大環境非常低氣壓。嗰陣嘅我正處身喺一個幾煎熬同迷茫嘅階段，有種做每件事都係舉步維艱嘅感覺。

笑住面對逆境，呢個就係當年我寫《扮工鬥室》嘅初衷。寫咗五年，終於階段性落幕。

到底仲有冇下集，呢刻嘅我實在答唔到。但算係我寫得數一數二辛苦嘅故事，同時見證同陪伴我衝破迷霧。過程中我慢慢搵到目標，創立「故星號」延續咗幾年寫作路……可能發展速度係唔及我當初預期，但可以穩步向前其實都算係榮幸。何況，佢仲為我帶嚟每年可以見到大家嘅機會……呢點絕對係無價。

至於第二集，我仲想講啲咩？

大概，就係苦中作樂嘅重要性吧。

生活壓力係巨大，但請唔好忘記我哋做每件事、每個決定嘅根源。

為自己好，總冇錯。

有時不妨扮下工。暫時拋低呢個世界為你安排嘅責任，好好感受同享受身邊擁有嘅一切——家人、愛人、朋友、寵物、夕陽、一本睇完會令你有得著嘅書、一場過雲雨、暢快嘅微風、每一下對望而笑……

喺呢個 AI 已經有能力以假亂真嘅時代，無疑係最真實無比嘅存在。

感謝你願意睇到呢度。

感謝你仍然願意支持……我呢個單純鍾意創作嘅人。

2025 年 6 月 26 日。

Past Employment:
(Most recent first)
To ____ From ____ Position Held ________ Type of Business ________
Reason for Leaving:
To ____ From ____ Position Held ________ Type of Business ________

Skills:
Typing ____
Machines, Keypunch ____ Computer ____ Calculator ____ Other ____

Interests: [illegible]

Name:

1 NOV 71
DOD PRESCRIPT
FOR (Full name, address, & phone number) (If under 12,
John R. Doe, HM3, USN
U.S.S. Neverforgotten (DD
MEDICAL FACILITY
U.S.S. Neverforgotten (DD 17
gm or ml
(Superscription)
(Inscription)
Tr Belladonna
15 ml
Amphogel q.s.ad
120 ml
(Subscription)
M & Ft Solution
(Signa)
Sig: 5ml t.i.d a.c.
Invoice texts compared
with RSK samples
Action Hero
30240 Pcs Total
ACTION HERO
ACTION HERO

扮工鬥室 DARK FLOW

IF 一年之約

為感謝一班支持咗 Patreon 好耐嘅讀者。
今次決定加開一次特別活動，
俾大家投票「最希望能夠同主角延續故事嘅角色」。
之後會根據結果寫一篇外傳！

預計七月尾開放投票，八月免費公開文章。
歡迎掃瞄以下 QR code 進入 Patreon 頁面，
一齊參與《扮工鬥室》嘅最後（?）一頁。

echoofheart

Past Employment:
(Most recent first)
To ____ From ____ Position Held ______ Type of Business ______
Reason for leaving:
To ____ From ____ Position Held ______ Type of Business ______

Skills:
Typing ____
Machines, Keypunch ____ Computer ____ Calculator ____ Other ✓
(design tech)

Interests: electronics tech or design engineer, digital - [illegible]

Name:

ROUND 02

離職潮

有心無默　作品

故星號　　製作

編輯 / 校對　　白告
設計 / 插圖　　@rickyleungdesign

承　印： 美雅印刷製本有限公司
觀塘榮業街6號，海濱工業大廈，4字樓，A室

出版者： Poon Kam Wing

發　行： 泛華發行代理有限公司
新界將軍澳工業邨駿昌街7號2樓
gccd@singtaonewscorp.com

出版日期： 2025年7月

ISBN 978-988-76200-6-8

HKD $138

Printed & published in Hong Kong.

香港出版。

Echo.of.Heart

echoofheart

echoofheart

故星號